5

MEGAPARK

1 Fort Alcazar
2 Smaragdsee
3 Lavendelbucht
4 Villa Bronin
5 Silverado Express
6 Hotel Imperial
7 Camelot Castle
8 Titan Tower

9 Airport
10 Darwin Schule
11 Dream Dome
12 Dschungel des Tigers
13 Fabians Haus
14 Frachthafen
15 Hafen

16 Hauptverwaltung
17 KFZ-Werkstatt
18 Kormorankolonie
19 Lagerhallen
20 Lokschuppen
21 Luftkissenboote nach Porto Volos
22 Main Street
23 Megapark Railroad
24 MerlinsTurm
25 Michis Appartement
26 Phantastic Boulevard
27 Piratenhöhle
28 Rick's Café
29 Robinsons Insel
30 Sheilas Haus
31 Starship One
32 Turm von Nottingham
33 Versorgungsfrachter nach Porto Volos
34 Wachposten
35 Yachthafen
36 Zauberberg
37 Zoo

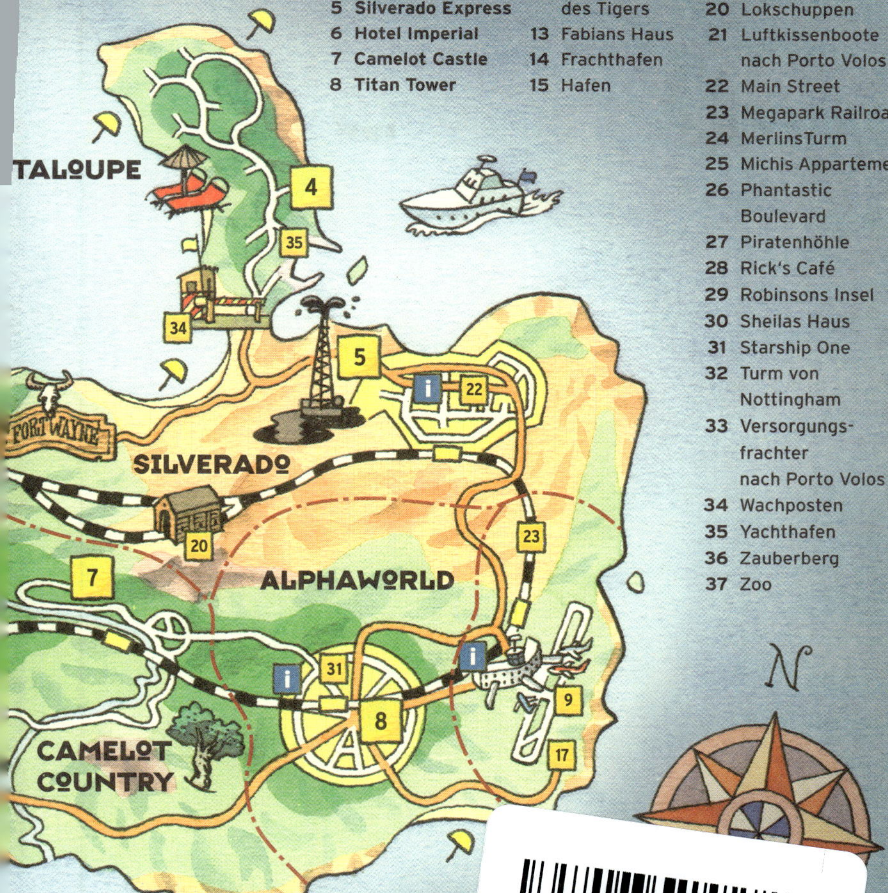

6

7

MEGAPARK.

Eine sonnenverwöhnte Insel im Mittelmeer und zugleich der größte Freizeitpark Europas. Ob in der Wildweststadt Silverado, auf Schloss Camelot im tiefsten Mittelalter, unter der Sternenkuppel von Alphaworld, bei echten Seeräubern in Pirates Bay oder im märchenhaften Central Park – bis zu 100.000 Gäste täglich besuchen das kleine Paradies. Für das Wohl der Gäste sorgen unzählige Mitarbeiter. Viele von ihnen leben das ganze Jahr auf der Insel. Für ihre Kinder gibt es eine eigene Schule, die auch die drei Freunde Michi, Sheila und Fabian besuchen.

Klar, dass für das Trio schon die *normalen* Tage ganz schön aufregend sind. Aber es gibt noch weit aufregendere Tage. Zum Beispiel den Tag …

… an dem ein geheimnisvoller japanischer Junge Fabians Rucksack mit seinem eigenen verwechselt.

© Foto: LOGO

Die Autoren:

Gerit Kopietz und Jörg Sommer, beide 1963 geboren, schreiben zusammen, leben zusammen und haben zusammen vier Kinder. Abends, wenn die Kinder schlafen, legen die beiden los. Dann schreiben sie Krimis, Geschichten von Katzen, Tigern und Hunden, von alten und jungen Menschen, von starken und schwachen und schlauen Helden.

Die Bände der Serie:

Band 1: Virus X (12535)

Band 2: Der Plan der Reporter (12536)

Band 3: Die Japan-Falle (12537)

MEGA PARK

GERIT KOPIETZ
JÖRG SOMMER

DIE JAPAN-FALLE

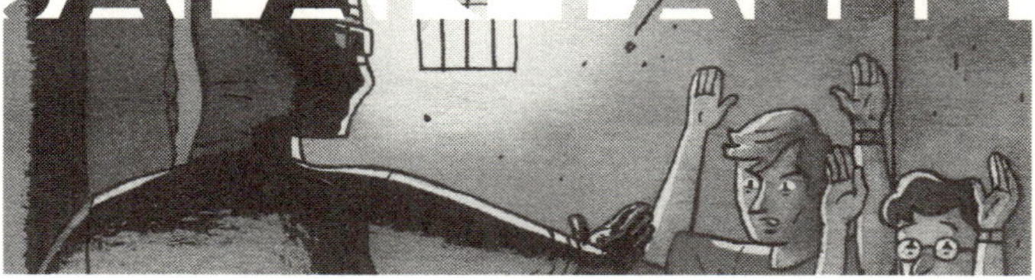

OMNIBUS

Der OMNIBUS Verlag gehört zu den Kinder- & Jugendbuch-Verlagen in der Verlagsgruppe Random House
München Berlin Frankfurt Wien Zürich

www.omnibus-verlag.de / www.megapark.info

Wir danken:
Angelika Emmelmann vom UNO-Hochkommissariat für Flüchtlingsfragen (UNHCR) für umfassende Informationen über ein immer noch viel zu wenig beachtetes Thema. Itsumi Hattori und Eriko Abe für ihre Unterweisung in das Alltagsverhalten der japanischen Kultur, die für Europäer ebenso geheimnisvoll wie faszinierend ist.
Fritz Gabler, dem Vorsitzenden des Deutschen Kyudo Bundes, für seine wertvollen praktischen Tipps in der Kunst des japanischen Bogenschießens.

Umwelthinweis:
Dieses Buch wurde auf chlorfrei gebleichtem Papier gedruckt.

Gesetzt nach den Regeln der Rechtschreibreform

1. Auflage 2002

Umschlag- und Kartenillustration: Thomas Haubold
Lektorat, Einbandgestaltung und Gesamtlayout:
Ilona Einwohlt, Büro für Kinder- und Jugendliteratur, Weiterstadt
st · Herstellung: WM
Satz: Uhl + Massopust, Aalen
Druck: GGP Media, Pößneck
ISBN 3-570-12537-8
Printed in Germany

1

DIENSTAG 10:05

Dunkle Wolken hingen über der Insel. Blitze zuckten. Donner grollten. Schwere Regentropfen ergossen sich in Strömen aus dem schwarzen Himmel. Sie bombardierten das unruhige Meer, spritzten und klatschten auf den kleinen Schulhof der Darwin-Schule.

Michis Gedanken waren so trist wie das Wetter. Heute Mittag wollte er eigentlich mit Sheila und Fabian schnorcheln – in der Lavendelbucht, dem besten Tauchrevier von MEGA-PARK. Aber es sah nicht so aus, als ob es bis dahin aufklaren würde.

Michi spürte einen heftigen Schlag auf der Schulter.

„Autsch." Er drehte sich zur Seite.

Fabian ließ sich lächelnd auf den Stuhl neben ihm gleiten. Er warf seinen schwarzen Rucksack achtlos unter den Tisch.

„Was ist los? Angst vor der Mathearbeit?"

Michi nickte in Richtung Strand.

„Das Wetter? Komm schon, wir haben hier 340 Sonnentage im Jahr. Bloß weil es jetzt mal ein paar Tage hintereinander gegossen hat ..."

„Eben. Ich bin's nicht mehr gewöhnt." Michi sah, wie Sheila das Klassenzimmer betrat. Sie schob ihre Sporttasche unter den Tisch.

„Was macht dein Asthma?", fragte sie Michi. „Das klang ja ziemlich übel, eben beim Basketball."

Michi zuckte mit den Schultern. „Bei dem Wetter kann man nicht gesund sein."

„Schlechtwetterdepression", erklärte Fabian. Sheila lachte.

„Und ich dachte, er hat Angst vor der Mathe-Klausur."

„Er kommt!", rief Elena von der Tür. Sie flitzte zu ihrem Tisch. Auch die anderen Schüler nahmen eilig ihre Plätze ein.

Schon rauschte eine riesige Gestalt ins Klassenzimmer.

Direktor Ugabe war wie immer perfekt gekleidet. Er trug seinen dunklen, dreiteiligen Anzug sogar an den heißesten Sommertagen. Zufrieden ließ Ugabe seinen Blick über die Klasse schweifen. Er sah zur offenen Tür.

„Komm ruhig rein!"

Alle Blicke wanderten zu dem kleinen, schwarzhaarigen Jungen, der im Türrahmen erschien. Mit beiden Händen hielt er seinen schwarzen Rucksack so fest, als hätte er Angst davor, dass jemand ihn ihm wegnehmen könnte.

Ugabe winkte den offensichtlich asiatischen Jungen zu sich. Sein gewaltiger Arm legte sich auf dessen Schulter. Der Junge sah zu Boden. Ugabe räusperte sich.

„Ich freue mich, euch euren neuen Mitschüler vorstellen zu können. Das, meine Lieben, ist ..." Ugabe stockte. Er zog einen Zettel aus seiner Anzugweste und warf einen Blick darauf. „Das ist I-shi-ba-shi Yo-shi." Er sah den Jungen an.

„Habe ich das richtig ausgesprochen?"

Der Neue nickte stumm. Langsam hob er den Kopf und sah seine neuen Klassenkameraden an.

„Der ist aber schüchtern", flüsterte Fabian.

„Der ist Japaner, die sind immer so", erklärte Michi.

„Woher weißt du das?"

„Ich bin Japanexperte. Ich hab mit meinen Eltern drei Jahre in Tokio gelebt."

„Damals warst du fünf!" Fabian prustete leise.

Ugabe betrachtete die beiden Jungs mit ernster Miene. Fabian und Michi verstummten. Ugabe schob den Jungen zielstrebig zu dem leeren Platz neben Elena.

„Nimm dort neben Elena Platz, Ishibashi."

„Yoshi!", sagte Michi laut.

Ugabe blieb stehen. „Wie bitte, Michael?"

Michi lächelte. „Er heißt Yoshi mit Vornamen. Ishibashi ist der Nachname. In Ostasien ist es andersrum."

Michi lächelte Yoshi an. Der jedoch wich dem Blick aus.

„So?", brummte Ugabe. „Na schön. Dann setze dich hierher, Yoshi." Er schob den Jungen weiter. Zögernd nahm der neben Elena Platz. Seinen Rucksack stellte er vorsichtig unter den Tisch.

Ugabe ging zurück zu seinem Schreibtisch. Michi sah nachdenklich aus dem Fenster.

Fabian beugte sich zu ihm und flüsterte ihm ins Ohr: „Vom Anstarren verschwinden die Regenwolken auch nicht."

„Wolken? Die sind mir schnuppe."

„Seit wann das auf einmal?"

Michi sah weiter aus dem Fenster. „Was mir Sorgen macht, sind nicht zu viele Wolken."

„Sondern?"

Michi deutete hinaus auf den Schulhof.

„Zu viele Japaner."

Fabian entdeckte einen dunkel gekleideten Japaner. Er saß auf einer Bank an der Uferpromenade, die den Schulhof vom Strand trennte. Der Mann las in einer Zeitung, blickte jedoch immer wieder in Richtung Schule.

„Na und? Auf MEGAPARK arbeiten Menschen aus allen Ländern. Auch Japaner."

„Und wie viele Japaner setzen sich in ihrer Freizeit vor eine Schule und lesen Zeitung – im Regen?"

DIENSTAG 10:22

Der ältere Japaner mit den scharfen Gesichtszügen sah sich in der Ankunftshalle des MEGAPARK-Flughafens um. Er sah nahe des Ausgangs eine junge Japanerin, die nervös in der Halle umherblickte.

Der Mann verzog keine Miene, steuerte jedoch zielstrebig auf die Frau zu. Sie verbeugte sich tief, als er vor ihr stand. Der ältere Japaner tat es ihr gleich. Dabei kreiste sein Blick einem Raubvogel gleich durch die Eingangshalle.

„Wo ist das Zielobjekt jetzt?", fragte der Ältere.

Die Frau verbeugte sich erneut.

„In der Schule, Onakawa-san."

„Er lernt. Das ist gut. *Mit offenen Augen den klaren Blick schärfen.* Das ist sehr gut."

„Ich mache mir Sorgen. Er kommt mit zu vielen Menschen hier in Kontakt."

„Ein Regen braucht viele Tropfen, sagen die Meister. Wir werden sehen. Ich habe etwas dabei, was unsere Sorgen geringer werden lässt…"

DIENSTAG 10:45

„Hat er überhaupt geatmet?" Michi sah Elena an. Fabian und Sheila grinsten. Sie standen mitten im Pausengetümmel. Es hatte zu regnen aufgehört und so hatte sich der kleine Schulhof der Darwin-Schule rasch gefüllt. Michi sah sich aufmerksam um, doch er konnte den Mann, der die Schule beobachtet hatte, nirgends entdecken.

Elena lächelte. „Bewegt hat er sich zumindest kaum. Saß da wie aus Stein gemeißelt. Ein komischer Typ ist das."

Michi nickte. „Er ist Japaner. Die sind ganz anders."

Fabian mischte sich schmunzelnd ein. „Ihm könnt ihr glauben. Michi weiß, wovon er spricht. Er ist Japanexperte."

Michi schenkte Fabian seinen gefürchteten Stirb-auf-der-Stelle-Blick.

„Immerhin hab ich schon mal in Japan gelebt."

„Als Fünfjähriger!" Fabian grinste.

„Na und? Ich kann sogar Japanisch."

„Echt?", vergewisserte sich Sheila.

„Na ja, ein bisschen zumindest."

„Dann hast du jetzt die Gelegenheit, es uns mal vorzuführen." Sheila zeigte zur Schultreppe. Yoshi stand an der oberen Stufe. Scheu sah er über den Schulhof.

Michi seufzte. Er sah Sheila an, die ihm aufmunternd zunickte.

„Na schön." Michi lief los, Yoshi entgegen, der langsam die wenigen Treppenstufen hinabstieg.

Er blieb vor Yoshi stehen, der ihn vorsichtig beäugte.

Michi räusperte sich. Er sprach langsam, betonte jede Silbe:

„Kon-nich-ti-wa."

Er flüsterte den anderen zu: „Das heißt ‚Guten Tag'."

Yoshi sah Michi unverwandt an, so als ob er ihn nicht verstehen könnte.

Michi lächelte und sprach langsam weiter. „MEGAPARK wa kini itte-imasu ka?"

Yoshi starrte Michi an.

„Ie“, zischte er und drehte sich um. Er verschwand im Schulgebäude.

„Was war denn das?“, fragte Sheila.

Michi hüstelte. „Etwas ziemlich Merkwürdiges. Ich habe ihn gefragt, ob es ihm auf der Insel gefällt.“

„Und? Was hat er gesagt?“

„Nein.“

Fabian lachte. „Was ist daran merkwürdig? Ich hab die erste Woche hier Rotz und Wasser geheult.“

Michi schüttelte den Kopf. „Das ist es nicht. Ein Japaner sagt nicht ‚Nein‘, verstehst du? Unter gar keinen Umständen. Das widerstrebt ihm.“

Michi hüstelte erneut, er wandte sich ab, hustete. Er griff in die Tasche seiner Jeans und holte sein Asthmaspray heraus. Er schüttelte es.

„Mist. Leer.“

Sheila sah ihn besorgt an.

Abwehrend hob Michi eine Hand. „Ich hab 'ne neue Packung in der Schultasche.“

Michi lief schwer atmend die kurze Treppe hinauf ins Schulgebäude.

Die Tür zum Klassenzimmer stand offen. Michi hörte ein Geräusch, er unterdrückte seinen Hustenreiz und hielt inne. Vorsichtig lugte er ins Klassenzimmer. Dort stand der japanische Junge und starrte in Fabians Rucksack.

Es klingelte.

Yoshi klappte erschrocken den Rucksack zu und stellte ihn unter den Tisch zurück. Er sah sich um.

Michis Kopf zuckte zurück.

Hinter ihm kamen die ersten Schüler ins Gebäude geströmt. Michi wartete, bis Elena und zwei andere Mädchen nahe genug waren, dann betrat er gemeinsam mit ihnen den Raum.

Yoshi saß an seinem Platz und kaute an einem Apfel. Er starrte aus dem Fenster und würdigte seine Mitschüler keines Blickes. Michi blickte ebenfalls hinaus. Die letzten Schüler eilten ins Gebäude.

Auf der Uferpromenade nahm der Japaner gerade wieder den Platz auf der Bank ein. Er sah sich um und entfaltete seine Zeitung.

Michi sah, wie Yoshi den Mann mit zusammengekniffenen Augen musterte.

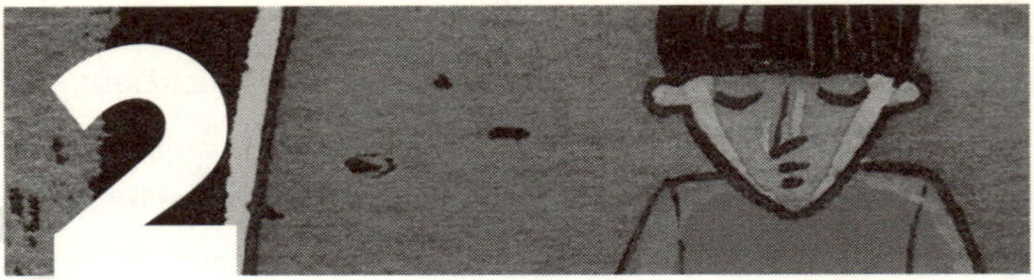

2

DIENSTAG 15:03

Noch immer zogen dichte Wolken träge über den Himmel, doch hin und wieder schickte die Sonne bereits ihre tastenden Strahlen hinab auf die Insel. Michi, Sheila und Fabian saßen auf der Terrasse der Schenke ‚Zum königlichen Wollpullover'. Hier gab es das beste und vor allem größte Eis von ganz Pirates Bay.

Eine beleibte junge Frau in Ranger-Uniform saß bei den drei Freunden am Tisch. Elly Janssen, erst seit wenigen Wochen als Computerexpertin auf MEGAPARK tätig, hatte sich rasch mit den dreien angefreundet. Ihr gemeinsames Abenteuer um den sagenhaften Schatz in der Piratenhöhle hatte sie zusammengeschweißt. Die drei waren gern mit Elly zusammen, deren schriller Humor immer für eine Überraschung gut war. Heute jedoch hatte sie offensichtlich schlechte Laune. Lustlos stocherte sie in ihrem Eisbecher.

Michi sah Sheila an. Auch sie betrachtete stirnrunzelnd die in sich versunkene Elly.

Michi klatschte kräftig mit der Handfläche auf den kleinen Holztisch. Elly fuhr zusammen. Ein als Pirat verkleideter Kellner musterte ihn missbilligend.

„Was ist los, Elly?", fragte Michi.

„Was soll schon los sein?"

„Du hast noch keinen Bissen gegessen. Bist du krank?", fragte Fabian.

Elly legte den Löffel auf den Tisch. Sie sah Fabian an.

„Dein Vater ist ein fieser, arroganter, herrschsüchtiger, besserwisserischer Pascha."

Fabian lachte. „Weiß ich. Na und? Lass ich mir deshalb die Laune verhageln? Mir schmeckt mein Eis trotzdem!"

„Dir hat er ja auch keinen Hausarrest verpasst."

„Bestimmt schon öfter als dir. Überhaupt, dir kann er doch gar keinen Hausarrest verpassen."

Elly stöhnte. Sie holte ein Taschentuch aus ihrer Ranger-Weste und schnäuzte sich heftig.

„Er lässt mich nicht mehr raus. Kein Außeneinsatz, nicht mal eine winzig kleine Tour. Selbst gestern, als dieser spanische Minister auf MEGAPARK war und wirklich alle Ranger auf den Beinen waren – ich durfte in meinem fensterlosen Büro versauern."

Sheila beugte sich vor. „Du bist unfair, Elly. Ich weiß, wie du nach der Sache mit der Piratenhöhle herumgemault hast. Du hast darauf bestanden, dass du als Computerexpertin eingestellt wurdest und nicht, um *im Matsch herumzukrabbeln*."

Elly nahm den Löffel wieder auf und schob damit einen Sahneberg in den Mund.

„Der Kerl will mich rausekeln."

„Quatsch", widersprach ihr Michi.

„Das wird ihm nicht gelingen."

„Na prima."

„Vorher werde ich selbst kündigen."

„Nein!", rief Sheila. „Mach doch keinen Unsinn!"

Elly lächelte. „Wenigstens ihr scheint Wert auf meine Anwesenheit zu legen."

„Und wie!", bestätigte Sheila. „Du musst dich wehren. Chief Parsson ist gar nicht so schlimm."

Elly blickte versonnen auf ihren Löffel, füllte ihn erneut und ließ diesmal einen Eisberg in ihrem Mund verschwinden.

„Mal sehen. Ich habe heute Abend eine interessante Verabredung. Vielleicht verändert sich da ja einiges.“ Sie grinste und nahm eine weitere Sahneportion auf ihren Löffel.

„An dem alten Parsson werde ich mich noch rächen. So kann er mit mir nicht umspringen!“

Elly lächelte.

„Doch genug gejammert. Erzählt noch von euch. Was gibt es Neues?“

„Wir haben einen neuen Mitschüler“, sagte Sheila.

„Einen Japaner“, fügte Fabian hinzu.

„Ziemlich merkwürdiger Typ“, ergänzte Michi.

„Merkwürdig?“

„Er ist unfreundlich, fast pampig. Völlig untypisch für einen Japaner.“

„Michi ist Japanexperte!“, ergänzte Fabian. Lachend zuckte er zurück, als Michi ihm mit der Faust drohte.

„In der Pause hat er in Fabians Rucksack herumgewühlt.“

„Aber nichts geklaut!“, warf Fabian ein.

Sheila grinste. „Was gibt es in deinem Rucksack schon zu klauen außer Müll?“

Michi sah Elly an. „Außerdem strolchte heute Morgen noch ein Japaner um die Schule herum.“

Elly beugte sich vor und senkte ihre Stimme zu einem Flüstern.

„Ist es zufällig der Knabe, der da gerade einläuft?“

Drei Köpfe fuhren herum.

Der neue japanische Mitschüler betrat die Terrasse des Cafés. Er befand sich in Begleitung zweier erwachsener Japaner, einer Frau und einem Mann. Alle drei trugen dunkle

Sonnenbrillen. Die Frau und der Junge setzten sich an einen freien Tisch, gut zehn Meter von den Freunden entfernt. Der Mann sah sich um. Er knöpfte seine Jacke auf. Für einen winzigen Augenblick blitzte es darunter auf. Dann setzte auch er sich an den Tisch.

„Er ist es", bestätigte Michi. „Und der Typ saß heute vor der Schule."

Elly nickte. „Na siehst du. Sein Vater hat eben am ersten Schultag auf ihn gewartet."

„Seit wann tragen harmlose Familienväter Schusswaffen?"

Elly stutzte. „Wie kommst du darauf?"

„Ich hab's gesehen, gerade."

„Von hier aus? Hast du Adleraugen?"

Michi spielte nachdenklich mit seinem Eislöffel herum.

„Mit dem Knaben stimmt etwas nicht. Und ich werde auch herausfinden, was..."

MITTWOCH 12:20

„Leute, ist das ein Bombenwetter." Sheila blinzelte zum Himmel, als sie aus dem Haupteingang der Darwin-Schule trat.

„Meine Mutter ist heute unterwegs. Ich gehe gleich in die Lavendelbucht und mache dort meine Hausaufgaben."

„Ich komme mit", verkündete Fabian. „Wir können uns von meiner Mutter ein Picknick einpacken lassen!"

Michi stöhnte. „Ich muss zu Dottore Tarrone, Asthma-Check."

„Tja, dann", sagte Fabian.

„Ich komme später nach. Versprochen." Michi lief los.

„Sein Asthma ist wieder schlimmer geworden", sagte Fabian, als Michi außer Hörweite war.

„Ich hab's gemerkt", sagte Sheila. „Im Schulsport quält er sich ab, statt sich befreien zu lassen. Wäre gar kein Problem. Aber er beißt sich durch und hängt den Helden raus. Typisch Mann."

„Typisch Michi", korrigierte Fabian.

„Was ist denn da los?" Sheila deutete auf zwei ältere Jungs, die dicht vor dem japanischen Mitschüler standen. Sie drückten ihn gegen die Außenwand der Schule.

„Arrogantes Schlitzauge", zischte einer der beiden. „Hältst dich wohl für was Besseres?"

Fabian marschierte auf die Gruppe zu. „Lasst Yoshi in Ruhe und macht euch vom Acker!"

Die beiden Jungs sahen Fabian an. Sheila trat neben ihn.

„Was soll das? Was hat er euch getan?"

Der Größere der beiden lachte auf. Er zog seinen Kumpel am Ärmel. „Los, gehen wir. Sonst haben wir noch den ganzen Kindergarten am Hals."

Die beiden drehten sich um und stolzierten davon. Fabian und Sheila wandten sich an Yoshi.

„Alles in Ordnung?", fragte Sheila.

Yoshi nickte.

„Ich danke euch. Das war sehr freundlich."

Fabian winkte ab. „Ich kenne die beiden. Die hauen gern mal ein wenig auf den Putz. Das Größte an denen ist ihre Klappe. Sie wollen von jedem bewundert werden. Was wollten sie von dir?"

Yoshi zuckte mit den Schultern. „Ich weiß es nicht. Ich habe versucht, ihnen aus dem Weg zu gehen."

Sheila betrachtete das kleine, goldene Amulett, das Yoshi um den Hals trug.

„Schöne Kette."

Yoshi sah erschrocken auf seine Brust. So als ob er den Schmuck erst jetzt bemerkt hätte.

„Ich muss jetzt gehen."

Fabian sah Sheila an. Sie zwinkerte ihm zu.

„Du solltest nicht allen aus dem Weg gehen, Yoshi", sagte sie.

„Wie meinst du das?"

„Na, wir waren alle mal neu hier auf MEGAPARK. Am Anfang kann es ganz schön öde sein."

Yoshi sah zu Boden.

„Sobald man die ersten Freunde hat, ist es super hier. Nirgends erlebst du mehr als bei uns", sagte Fabian.

„Komm doch mit uns in die Lavendelbucht", schlug Sheila vor.

„Lavendelbucht?"

„Ja. Eigentlich ist sie fast so etwas wie unser Geheimnis. Wir wollen dort picknicken und unsere Schularbeiten machen. Kommst du mit?"

„Ich weiß nicht."

„Komm schon", drängte auch Fabian. „Schließlich kann hier auf der Insel nichts passieren. Wir leben hier fast wie im Paradies."

Yoshi zögerte. „Ich glaube, ich darf nicht."

„Klar darfst du. Es wird Zeit, dass du anfängst, deine Eltern an MEGAPARK-Verhältnisse zu gewöhnen."

Sheila hängte sich bei Yoshi ein. Er zuckte zusammen, ließ sich dann aber doch mitziehen.

„Du wirst es nicht bereuen", sagte Fabian lachend.

MITTWOCH 13:21

Die Halbinsel Cantaloupe im Norden von MEGAPARK, unweit des Wildwestareals Silverado, bekamen die meisten Gäste nie zu Gesicht. Sie war hermetisch vom Rest des Parks abgeschnitten und nur über eine von Parkrangern rund um die Uhr bewachte Sicherheitsschleuse zu erreichen. Cantaloupe war ausschließlich persönlichen Feriendomizilen der Top-Prominenz vorbehalten. Filmstars, Medienmogule, Industrielle und Spitzenpolitiker, aber auch alter europäischer Adel und arabische Scheichs hatten hier supermoderne Bungalows oder ausladende Prachtvillen gebaut, die sie oft für nur wenige Tage im Jahr bewohnten.

In einer der Villen, nur wenige Meter vom Strand entfernt und durch hohe Palmen vor den Blicken Neugieriger geschützt, klingelte das Telefon. Ein indischer Butler mit weißen Handschuhen in einem dunklen, perfekt sitzenden Anzug hob ab.

Er lauschte, legte das schnurlose Telefon auf ein kleines silbernes Tablett und trug es durch ein lichtdurchflutetes Wohnzimmer hinaus auf die Terrasse. Dort lag ein älterer Mann mit schütterem Haar in einem Liegestuhl. Alexander F. Bronins gelangweilter Blick hing an einem ferngesteuerten Boot, das im türkisfarbenen Wasser des Pools seine Runden drehte. Bronin hatte diese Villa vor einem knappen Jahr von einer Filmschauspielerin gekauft. Noch vor zehn Jahren war Bronin ein kleiner, unbedeutender Grundstücksmakler gewesen, der im ehemaligen Jugoslawien Ferienhäuser an reiche Europäer verhökerte. Doch dann war er beinahe über Nacht eine der wichtigsten Personen auf dem Balkan geworden. Woche für Woche, Monat für Monat kaufte er neue Firmen.

Transportunternehmen, Stahlbetriebe, Kunststofffabriken. Niemand konnte den Wert von Bronins Imperium heute schätzen. Und niemand wusste, aus welchen dunklen Quellen er das Geld dafür bezogen hatte. Niemand außer Bronin.

Der Mann blinzelte ärgerlich, als sein Butler ihm das Tablett mit dem Telefon reichte. Als der Inder einen Namen flüsterte, fuhr Bronin hoch und griff nach dem Hörer.

„Hier Bronin."

Der gefürchtete Wirtschaftsboss erstarrte. Schweiß trat auf seine Stirn.

„Jawohl", sagte er militärisch knapp. Er lauschte wieder. Schließlich wiederholte er noch einmal. „Jawohl. Es wird alles vorbereitet sein."

Bronin zuckte zusammen, als sein Gesprächspartner die Verbindung unterbrach.

Der Butler sah seinem Gegenüber den Schrecken in den Augen stehen. „Ein Glas Sekt, mein Herr?"

Bronin schüttelte langsam den Kopf.

„Bring mir zwei Kopfschmerztabletten."

„Sehr wohl, mein Herr."

Der Butler wandte sich zum Gehen, doch Bronin hielt ihn am Arm zurück. „Und von morgen an nimmst du frei. Bis kommenden Dienstag."

„Ich verstehe nicht, mein Herr."

„Mach Urlaub. Verstehst du das besser? Und räume dein Zimmer in der Villa. Vor Mittwoch will ich dich hier nicht mehr sehen."

Der Butler nickte ergeben und verbeugte sich. Vergeblich versuchte er, die Freude in seiner Stimme zu unterdrücken, als er sagte: „Wie Sie befehlen, mein Herr."

MITTWOCH 14:35

Der Brief in Michis Tasche brannte wie Feuer. Dottore Tarrone hatte seine Bronchien untersucht, ein Blutbild erstellt und Michi eine Viertelstunde auf dem Ergometer strampeln lassen. Am Ende hatte der Arzt eine ernste Miene aufgesetzt. Michis Asthma hatte sich weiter verschlimmert. Tarrone gab dem trockenen, warmen Klima auf MEGAPARK die Schuld. Er hatte vorgeschlagen, dass Michi für mehrere Tage in eine Fachklinik auf dem Festland gehen sollte, um sich einmal komplett durchchecken zu lassen. Doch Michi war davon gar nicht begeistert. Noch weniger begeistert war er von diesem Brief, den Tarrone ihm am Ende ihres Gesprächs in die Hand gedrückt hatte. Laut ärztlicher Entscheidung war Michi bis auf Weiteres vom Sportunterricht befreit.

Michi stapfte den schmalen Trampelpfad hinab in die Lavendelbucht. Die harzigen Düfte der Krüppelkiefern zogen in seine Nase. Unzählige wilde Lavendelstauden blühten. Vor ihm lag der schmale, lang gezogene, fast weiße Sandstrand. Michi seufzte. Was würden Sheila und Fabian zu Tarrones Brief sagen?

Michi gab sich alle Mühe, trotz seiner Krankheit überall dabei zu sein. Er war nicht behindert. Und jetzt sollte er im Sport zusehen, während sich andere über ihn lustig machten? Ob er den Brief einfach verschwinden lassen sollte? Er würde Fabian und Sheila um Rat fragen.

Schon von weitem sah Michi, dass die beiden nicht allein waren. Jemand saß bei ihnen. Alle drei starrten hinüber nach Cantaloupe. Die Westküste der Prominentenhalbinsel konnte man von der Lavendelbucht aus in voller Länge sehen. Einzelne weiße Villen lugten aus dem Palmen- und Kiefernhain, der den größten Teil der lang gestreckten Halbinsel bedeckte.

Michi erkannte Yoshi erst, als er die Gruppe beinahe erreicht hatte.

Sheila hatte ihn kommen hören. Sie lächelte ihn an. „Wir haben gerade über Cantaloupe gesprochen. Die Insel sieht paradiesisch aus, findest du nicht auch?"

Michi starrte Yoshi an, der seinen Blick zurückhaltend erwiderte.

„Paradiesisch?", knurrte er. „Sieht eher aus wie eine krumme Gurke."

Sheila sah Michi verdutzt an. „Stimmt etwas nicht?"

Fabian schaltete sich ein. „Wir haben Yoshi mit hierher geschleppt. Stell dir mal vor, er war nicht mal so lange in Japan wie du."

Yoshi lächelte Michi schüchtern an.

Der blieb ernst.

„So?"

„Ja, er ist in der Schweiz geboren, ging immer auf internationale Schulen. Mit fünf war er mal ein halbes Jahr in Japan, seitdem nicht mehr."

Michi ließ sich in den Sand plumpsen. Er nahm eine Hand voll Sand in seine Hand und ließ ihn langsam durch die Finger rieseln. Er warf einen Blick auf Yoshis Rucksack.

Fabian lachte. „Yoshi und ich haben den gleichen Rucksack. Heute Mittag haben wir sie sogar versehentlich verwechselt."

„Versehentlich?", fragte Michi. „Was machen deine Eltern eigentlich?"

Er sah dem Jungen aufmerksam ins Gesicht. Das leichte Zucken um Yoshis Mundwinkel entging ihm nicht.

„Wie meinst du das?", fragte Yoshi.

„Na, welchen Job haben sie hier auf der Insel?"

„Was soll das hier werden, ein Verhör?", fragte Sheila. Michi reagierte nicht. Er sah Yoshi unverwandt an. „Na?" Der Japaner zögerte.

„Arbeiten sie in der Verwaltung? In der Technik? Gastronomie?..."

„Verwaltung", stieß Yoshi hervor.

Sheila stand auf. „Stopp, Michi. Du siehst doch, dass Yoshi deine Fragerei peinlich ist."

„Eben", sagte Michi.

„Michi, warum bist du so eklig?"

Michi stand auch auf. Er starrte Sheila an.

„Wie's mir geht, interessiert dich doch gar nicht. Dich interessiert doch nur dieser..."

„Michi! Jetzt reicht es!", rief Fabian.

Michi schleuderte den Rest des Sandes vor Fabian auf den Boden.

„Dann amüsiert euch weiterhin ohne mich, ich gehe."

Michi drehte sich um und stapfte den Hügel hinauf.

Yoshi, Sheila und Fabian sahen ihm stumm nach.

„Was ist denn mit dem los?", fragte Fabian.

Yoshi stand auf. „Ich glaube, es ist meine Schuld."

„Quatsch."

„Ich gehe wohl auch besser. Ich danke euch. Ihr wart sehr nett zu mir. Wir sehen uns morgen in der Schule."

Yoshi nickte beiden zu und drehte sich um. Fabian und Sheila sahen ihm nach, bis er außer Sichtweite war.

„Ich finde ihn nett. Vielleicht eine Spur zu schüchtern."

Sheila lächelte versonnen. „Richtig süß."

Fabian stöhnte. „Nicht schon wieder!"

MITTWOCH 15:20

„Sie sind verhaftet!“

Elly Janssen fuhr herum. Sie erkannte Michi im Türrahmen ihres kleinen, fensterlosen Büros. Sie atmete langsam aus, stellte die Kaffeetasse ab und betrachtete ihr Hemd.

„'tschuldigung“, sagte Michi zerknirscht, als er den frischen Kaffeefleck sah.

„Schon gut, das ist nicht das erste Mal heute. Ich bin heute ziemlich schusselig.“

„Krank oder verliebt?“

„Wie bitte?“

„Meine Mutter sagt immer, schusselige Menschen sind entweder krank oder verliebt.“

Elly grinste.

„Schlaue Frau, deine Mutter.“

Michi spähte an Elly vorbei in Richtung Computerbildschirm.

„Cola?“, fragte Elly und zog eine Dose Diätcola aus ihrer Schreibtischschublade.

„Ist leider warm“, fügte sie bedauernd an.

Michi nahm die Dose und stellte sie auf Ellys Schreibtisch ab.

„Hör mal, Elly, du bist doch hier der Computermurkel, wie du immer sagst ...“

Elly grinste.

„Was willst du?"

„Wie kommst du darauf, dass ich was von dir will?"

„Du tauchst doch nicht am helllichten Nachmittag hier auf, nur um eine Dose warme Cola zu schlürfen. Das kannst du bei euch im Hotel besser haben."

Michi setzte sich auf den Schreibtisch.

„Wir haben einen neuen Mitschüler."

„Das habt ihr gestern erzählt, und?"

„Mit dem stimmt was nicht."

„Was?"

„Na, eben das versuche ich herauszubekommen."

„Und welche Rolle soll ich dabei spielen?"

Michi zögerte. „Du kannst dich doch in den Computer der Parkleitung einklinken, um die Daten aller MEGAPARK-Beschäftigten und ihrer Familien einzusehen. Namen, Berufe, Gehälter, Geburtsdatum und so weiter."

Elly nickte.

Michi lächelte sie an.

„Nein", sagte Elly.

„Oooch, Elly. Wie ich dich kenne, dauert das nur eine Minute."

„Nein."

„*Kannst* du nicht?"

„Die Daten gehen uns nichts an."

„Elly. Bitte. Ich lade dich auch zum Pizzaessen ein."

Elly schüttelte den Kopf.

„Eine doppelte Pizza. Mit Schinken und Salami."

Elly reagierte nicht.

„Artischocken."

„Ich mag keine Artischocken."

„Na gut, dann ohne."

Elly lachte. „Okay, ich mach's. Weil du so lieb gebettelt hast. Dein Taschengeld kannst du behalten. Ich bin unbestechlich."

Sie drehte sich ihrem Computer zu und tippte.

„Nachname?"

„Ishibashi."

„Vorname?"

„Yoshi heißt der Junge. Von den Eltern weiß ich's nicht."

„Das reicht. So, es wird einen Moment dauern."

Elly starrte auf den Schirm.

„Vergiss es!"

„Weshalb? Was ist los?" Michi starrte Elly über die Schulter. „Da sind sie doch, alle drei: Ishibashi, Yoshi; Ishibashi, Hanako; Ishibashi, Kenzaburo."

Elly deutete auf ein Kürzel aus zwei Buchstaben, das hinter jedem Namen stand.

„TS. Top Secret. Die Daten sind nur der Parkleitung zugänglich. Nicht einmal der Lohnbuchhaltung oder anderen Abteilungen."

Elly klickte Yoshis Namen an. Ein Fenster öffnete sich – mit der Aufforderung, Benutzername und Passwort einzugeben.

Michi nickte. „Siehst du, ich hatte Recht. Da stimmt etwas nicht." Er fixierte Elly. „Du kommst doch bestimmt trotzdem rein, oder?"

Elly zögerte. „Solch ein Zugriff hinterlässt Spuren. Und ich will keinen Ärger."

Michi lächelte. „Pizza?"

„Vergiss die Pizza. Die Nummer ist zu heiß."

„Ich wette, du kannst es gar nicht. Das ist der Grund."

Elly lachte. „Ich lass mich von dir nicht provozieren. Und jetzt schwirr ab, ich habe noch 'ne Menge Arbeit."

DONNERSTAG 14:11

Elly Janssen schloss beschwingt die Tür ihres Büros hinter sich. Nach dem Essen war sie stets guter Dinge. Und das heutige Mittagsmahl war etwas ganz Besonderes gewesen. Sie zögerte, steckte dann jedoch den Schlüssel ins Schloss und drehte ihn herum. Sie setzte sich vor ihren Computer und startete ihn. Zwei Minuten später hatte sie dieselbe Liste auf dem Bildschirm, die sie am Vortag gemeinsam mit Michi betrachtet hatte.

Sie seufzte, „na schön, dann wollen wir mal", zog eine Diskette aus ihrer Weste und schob sie ins Laufwerk. Mit nur einem Tastendruck startete sie das Programm.

Elly klickte den obersten der drei Namen aus. Das Fenster mit der Passwortabfrage erschien. Neun Sterne blinkten nebeneinander. Sie blinkten in rascher Abfolge auf, immer wieder. Der erste Stern verschwand, stattdessen erschien der Buchstabe I. Er blinkte nicht. Daneben erschien ein N, noch ein N. Dreißig Sekunden später hatte Ellys Programm das Passwort geknackt. Elly lachte. „INNERCITY. Mein Gott, wie phantasielos die Menschen doch sind."

Elly zog die Diskette wieder aus dem Laufwerk und klickte mit der Maus das Bestätigungsfeld an.

Auf dem Bildschirm erschienen die Daten von Kenzaburo Ishibashi.

Elly überflog die wenigen Angaben und machte einen Ausdruck. Dann wiederholte sie den Vorgang bei Hanako und Yoshi. Sie loggte sich aus und legte die drei Blätter nebeneinander auf ihren Schreibtisch. Sie bohrte nachdenklich in der Nase. Geistesabwesend fingerte sie einen Schokoriegel aus ihrer Schreibtischschublade. Sie riss ihn auf und biss hinein. Schokosplitter rieselten auf das Papier. Mit einer fahrigen Handbewegung wischte Elly die Krümel beiseite, doch die warme Schokolade verursachte lange Schmierspuren.

Elly griff zum Telefon. Bereits nach dem zweiten Klingeln hob jemand ab.

„Ich bin's ... Hör mal zu. Ich bin da über was gestolpert und bräuchte deinen Rat."

DONNERSTAG 14:51

„Das muss aber brandheiß sein, wenn du mich über die ganze Insel verfolgst", sagte Michi. Er stand im Flur des Parsson-Bungalows.

„Ich hab versucht, dich im Hotel zu erreichen", klang Ellys Stimme aus dem Hörer. „Und als du da nicht warst ..."

„Spuck's schon aus, Elly. Fabian und ich sind gerade dabei, unseren persönlichen Punkterekord bei ‚Space Trooper III' aufzumöbeln. Fabian wartet."

„Ich hab nachgeschaut."

„Du hast ... Moment!"

Michi schielte zu Fabians Zimmertür. Er nahm den Hörer vom Ohr. Fabians Computer produzierte Raumschiff- und Lasergeräusche. Michi hob den Hörer wieder, behielt dabei jedoch Fabians Tür im Auge.

„Erzähl!"

„Ich muss dich enttäuschen: Im Computer findet sich nichts. Keine Heimatadresse, keine Berufe, keine Angaben über ihren Arbeitsplatz auf MEGAPARK. Nur Name, Geburtsdatum und eine Telefonnummer für den Notfall, irgendwelche nächsten Angehörigen."

Michi dachte nach. „Und keine Berufsangabe?“

„Nichts. Nur der Vermerk ‚Persönliche Gäste der Parkleitung‘.“

„Ich würde sagen, an der Sache ist was faul.“

„Prima, dann sind wir immerhin schon zu zweit.“

„Kannst du mir die Sachen an meine E-Mail-Adresse schicken?“

„Aber verschlüsselt“, erwiderte Elly.

„Logo, nimm PGP. Und, Elly…“

„Ja?“

„Danke!“

Michi legte auf und drehte sich um.

Er erstarrte. Nur einen Meter entfernt stand ein blonder zehnjähriger Junge.

„Mats! Wie kommst du hier rein?“

Mats lächelte. „Durch die Tür.“

Wie die meisten Bewohner Inner Citys schlossen auch die Parssons ihre Haustür tagsüber nur selten ab. Es gab keine Kriminalität in der Mitarbeitersiedlung.

Michi warf einen Blick auf das Telefon.

Mats strahlte ihn an. „Ich hab das meiste mitbekommen.“

„Dann vergiss es jetzt gleich wieder.“

Mats blickte in Richtung von Fabians Zimmer. Er trat näher zu Michi und senkte seine Stimme zu einem verschwörerischen Flüsterton.

„Dieser Japaner ist bestimmt ein Spion.“

„Ein Spion?“

„Klar. Die wollen eine Invasion vorbereiten!“

„Du hast eine blühende Phantasie, Kleiner. Warum sollten irgendwelche Japaner aus heiterem Himmel eine Vergnügungsinsel im Mittelmeer überfallen wollen?“

Mats zuckte mit den Schultern. „Ich helfe dir dabei, es rauszukriegen."

Michi schüttelte den Kopf.

„Bitte. Ich kann dir helfen, ihn zu beschatten, ich kann…"

„Nein."

Mats kniff die Lippen zusammen.

„Es geht nicht."

„Dann erzähl ich Fabians Papa von deinem Telefonat!"

„Das wirst du nicht", befahl Michi.

„Werd ich doch."

„Was wird er doch?" Fabian trat aus seinem Zimmer.

Michi funkelte Mats an. Zu Fabian sagte er:

„Ich nehme an, ihr seid zur Nachhilfe verabredet. Dann werde ich wohl die Segel setzen."

Fabian sah auf seine Uhr. „Tatsächlich, schon so spät."

Mats Blick wich nicht von Michis Gesicht, als der seine Schuhe band und zur Haustür ging. Dort drehte er sich noch einmal um.

„Wenn du nachher noch Lust hast, kannst du ja im Hotel vorbeikommen. Ich bin zu Hause."

„Geht klar." Mats strahlte.

Fabian sah ihn nachdenklich an.

DONNNERSTAG 16:23

Michi lag auf der Couch und beförderte eine Hand voll Kartoffelchips in seinen Mund. Vor einer Viertelstunde hatte er Ellys E-Mail gelesen, die drei im Anhang mitgelieferten Personenbögen geöffnet und ausgedruckt. Sofort hatte er seine Ermittlungen aufgenommen. Sein erstes Interesse galt der Telefonnummer ‚Im Notfall zu verständigen'. Michi war von einem Notfall ausgegangen und hatte kurzerhand die Nummer gewählt. Leider vergeblich, denn das am anderen Ende gesprochene schnelle Japanisch half ihm nicht weiter. Dazu reichten seine Sprachkenntnisse nicht aus. Er starrte angestrengt kauend an die Decke, öffnete den Mund und schüttete sich die restlichen Chipskrümel aus der Tüte hinein.

Plötzlich schreckte er hoch, sah noch einmal auf das Geburtsdatum von Yoshi. Der Kerl war genau einen Monat jünger als er selbst.

Rasch streifte er zwei Blätter zur Seite und betrachtete das dritte. Ein Lächeln huschte über sein Gesicht.

„Tatsächlich!"

Wenn die Daten stimmten, hatte Yoshis Mutter mit genau 13 Jahren und 12 Tagen ihren Sohn zur Welt gebracht.

DONNERSTAG 16:55

Franklin, der große farbige Empfangschef des Hotels Imperial, lächelte seltsam versonnen hinter seiner breiten Rezeptionstheke. Er telefonierte leise. Neben ihm gab eine junge Kollegin einem Paar die reservierten Karten für eine Abendveranstaltung im Dream Dome.

Franklin sah, wie Michi aus der Fahrstuhlkabine trat und zielstrebig auf ihn zukam. Er beendete sein Gespräch und lächelte Michi an.

„Tag, Franklin. Sie sehen ja richtig glücklich aus."

Franklin lächelte weiter.

„Haben Sie im Lotto gewonnen oder sind Sie verliebt?"

Franklins Lächeln gefror.

„Was gibt's, Michi?"

„Ich brauche Ihre Hilfe."

Franklin deutete eine höfliche Verbeugung an. „Stets zu Diensten."

„Sie können doch Japanisch?“

Franklin nickte.

„Wie gut?“

„Gut genug, um einen japanischen Besucher auf das richtige Zimmer zu verfrachten und seinen Minibarverbrauch abzurechnen.“

„Das reicht“, entschied Michi und fischte einen Zettel aus seiner Tasche.

„Wofür?“, fragte Franklin neugierig.

„Würden Sie bitte diese Nummer für mich anrufen?“

„Und wer ist das?“

„Das will ich ja eben herausbekommen.“

„Warum?“

„Franklin! Ich dachte, zur wichtigsten Eigenschaft eines Empfangschefs gehört die Tatsache, dass er *nicht* neugierig ist.“

Franklin lachte. Er griff zum Hörer und tippte die Ziffern von Michis Zettel ein. Es klingelte.

„Dale?“, fragte Franklin. „Nan desu ka?“

Franklin lauschte. „Sumimasen“, sagte er. Er zuckte zusammen, als am anderen Ende aufgelegt wurde.

Michi sah Franklin erwartungsvoll an.

„Und ich dachte, Japaner seien stets freundlich.“

Michi klatschte sich an die Stirn. „Klar. Die Zeitverschiebung. In Japan muss es jetzt ungefähr Mitternacht sein. Vielleicht haben wir jemanden geweckt.“

„Das glaube ich nicht. Es war eine Männerstimme. Und sie machte keinen müden Eindruck. Er hat sich nicht mit Namen gemeldet und wurde ziemlich barsch, als er merkte, dass jemand Unbekanntes dran war. Ich glaube, er fragte mich nach einem Schlüssel, oder so ähnlich. Er sprach ziemlich schnell.“

Michi dachte nach. „Kann mit Schlüssel auch Schlüsselwort gemeint sein oder Passwort?"

Franklin lächelte. „Michi, du solltest weniger Detektivromane lesen."

„Es könnte doch sein, oder?"

Franklin zuckte mit den Schultern. Er schob Michi den Zettel mit der Nummer hin. Michi schob ihn zurück.

„Würden Sie noch mal anrufen?"

„Was soll das bringen?"

„Ersetzen Sie diesmal die letzte Ziffer durch eine Null."

Franklin hob eine Augenbraue.

„Du meinst, es könnte ein Firmenanschluss sein?"

Michi nickte. „Und wenn wir jedes Mal eine Ziffer mehr weglassen und dafür nur eine Null einsetzen, dann müssten wir irgendwann in der Zentrale landen."

Franklin seufzte – und wählte.

„Nichts. Kein Anschluss."

Franklin probierte es erneut. Wieder bekam er keinen Anschluss. Er probierte es mit noch einer Ziffer weniger. Wieder schüttelte er den Kopf.

„Eine noch", bat Michi.

„Dann müsste es eine ziemlich große Firma sein. Vierstellige Durchwahlziffern sind äußerst selten."

Michi sah, wie Mats das Hotelfoyer betrat. Er winkte ihnen zu und kam zur Rezeption gelaufen.

„Bitte, Franklin. Letzter Versuch?"

Franklin seufzte. Und wählte.

Mats kam strahlend angelaufen. Michi legte den Zeigefinger auf die Lippen. Mats verstand sofort.

Franklin erbleichte. Blitzschnell legte er wieder auf. Er sah Michi durchdringend an.

„Woher hast du die Nummer?“

„Wieso?“

„Junge, ich gebe dir einen guten Rat. Wirf die Nummer weg. Möglichst schnell.“

„Sie haben jemanden erreicht“, stellte Michi fest.

Franklin nickte. Er sah sich vorsichtig um, dann beugte er sich über die Rezeption und senkte seine Stimme zu einem Flüsterton.

„Es war die Telefonzentrale ...“

„Ich hatte Recht!“, triumphierte Michi.

Franklin fuhr fort: „... der japanischen Geheimpolizei.“

4

FREITAG 10:02

Das Luftkissenboot schwebte die letzten Meter über das Wasser bis zum Landeplatz. Die Motoren erstarben, das Boot sackte auf seine Polster. Die Heckklappe öffnete sich und spuckte einen weiteren Schwung Besucher aus – vor allem Familien auf Tagesbesuch.

Zwei große Männer in dunkler Kleidung warteten, bis die meisten Passagiere von Bord waren, bevor sie hinaus ins grelle Sonnenlicht traten. Beide trugen einen militärisch kurzen Bürstenhaarschnitt und Sonnenbrillen. Beide schleppten zwei große schwarze Sporttaschen mit sich. Der Größere der beiden überragte seinen Partner noch einmal um mindestens einen halben Kopf. Sein schwarzes T-Shirt spannte über seiner starken Brust. Er stoppte sofort, als sein Begleiter die Hand hob.

Sie sahen einen jungen Mann in Chauffeuruniform neben einem der zahlreichen auf MEGAPARK vorhandenen E-Cars stehen. Er hielt ein Pappschild mit der Aufschrift „Bronin" vor sich.

Die beiden Männer traten zu ihm.

Der Mann sah sie an. „Sie sind Jesus?" Der Kleinere der beiden, offensichtlich der Anführer, nickte. Er zeigte mit dem Daumen auf seinen Partner. „Und das ist Nico."

Der Chauffeur streckte die Arme aus, doch Jesus zog die Taschen an sich.

„Ich wollte nur Ihr Gepäck einladen", entschuldigte sich der Fahrer.

„Das behalten wir lieber im Auge", erklärte Jesus.

„Wie Sie wünschen." Der Chauffeur hielt den beiden Besuchern die Wagentür auf.

„Wollen Sie direkt nach Cantaloupe, oder soll ich Ihnen unterwegs noch ein paar Sehenswürdigkeiten der Insel zeigen?"

„Wir sind nicht zum Spaß hier", knurrte Jesus.

Der Chauffeur setzte sich ans Steuer.

„Mr v. Bronin erwartet Sie sicher bereits sehnsüchtig."

„Tut er das?", fragte Jesus und zog ein Päckchen Zigaretten aus seiner Hosentasche hervor.

FREITAG 12:35

Michi und Mats knieten hinter einem Busch, nur wenige Meter vom Haupteingang der Schule entfernt. Sie beobachteten, wie Yoshi sich entfernte.

„Das ist meine erste echte Beschattung", flüsterte Mats. „Ich bin wahnsinnig aufgeregt."

„Das legt sich", zischte Michi.

„Wenn er uns bemerkt?"

„Wenn wir uns vorsichtig verhalten, besteht keine Gefahr. Regel Nummer eins für Nachwuchsdetektive: Man muss sich als Beschatter schon ausgesprochen blöd anstellen, um enttarnt zu werden. So was gibt's nur in schlechten Filmen."

„Aber wenn er doch von der Geheimpolizei ist?"

Michi seufzte. „Nur weil Franklin sich in die Hosen macht, müssen wir es nicht tun. Was auch immer die japanische Polizei damit zu tun hat, sie beschäftigt bestimmt keine Dreizehnjährigen."

„Ja, aber was hat das dann zu bedeuten?"

„Eben weil wir es wissen wollen, sind wir jetzt hier."

Michi sah, wie Yoshi um eine Straßenbiegung verschwand.

„Los jetzt!" Michi sprang hinter dem Busch hervor und rannte los.

„Warte!", rief Mats.

Michi blieb stehen. „Psst! Wenn du hier rumbrüllst wie ein angeschossener Affe, schnallt er gleich, was los ist."

„Mein Schuh ist offen." Mats kniete sich hin und band den Schnürsenkel. Michi sah ihm kopfschüttelnd zu.

„Regel Nummer zwei für Nachwuchsdetektive: Binde deine Schuhe, *bevor* es ernst wird."

„Schon fertig!" Mats sprang auf. Die beiden liefen los. Vorsichtig folgten sie Yoshi. Der ging zielstrebig den kurzen Weg von der Schule bis zu dem Bungalow, den er mit den beiden Erwachsenen bewohnte.

Sie beobachteten, wie Yoshi den Bungalow betrat.

„Und was jetzt?", fragte Mats.

„Regel Nummer drei für Nachwuchsdetektive: Geh immer so nahe ran wie möglich." Michi schlug sich in die Büsche. Mats folgte ihm quer durch das Unterholz bis zur Rückseite des Bungalows. Leise krochen sie über den sandigen Boden bis unter einen großen Hibiskusstrauch. Nur wenige Meter vor ihnen lag die Terrasse der Ishibashis. Die Tür vom Wohnzimmer stand weit offen. Yoshi saß mit zwei Erwachsenen am Esstisch. Sie aßen schweigend. Neben ihnen auf dem Tisch standen zwei Laptops. Der Junge stand schweigend auf und griff seinen Rucksack. Er kam auf die Terrasse, setzte sich und begann seine Hausaufgaben zu machen. Im Hintergrund sprachen die beiden Erwachsenen miteinander. Heftige Armbewegungen ließen das Gespräch wie einen Streit aussehen. Worte waren jedoch nicht zu verstehen.

Der Mann kam auf die Terrasse. Er sprach mit Yoshi, der ihm daraufhin wortlos seine Kette mit dem Amulett aushändigte. Michi zupfte Mats am Ärmel. Vorsichtig krabbelten sie rückwärts. In einiger Entfernung setzten sie sich auf.

„Hast du das Amulett gesehen?", fragte Michi.

Mats nickte. „Bestimmt geht es darum. Vielleicht ist es gestohlen und…"

„Regel Nummer vier für Nachwuchsdetektive", sagte Michi. „Detektive sammeln keine Vermutungen, sondern Beweise. Ist dir sonst noch etwas aufgefallen?"

Mats machte ein nachdenkliches Gesicht.

Michi lächelte. „Die beiden Erwachsenen sind wirklich so jung, wie es ihr Geburtsdatum vermuten lässt. Es ist kein Fehler in der Datenbank. Das heißt?"

„Mmmh. Sie sind nicht seine Eltern?"

„Die Frage lautet: Was sind sie dann?" Michi legte Mats die Hand auf die Schulter.

„Du bleibst hier und beobachtest den Laden – aus sicherer Entfernung. Ich werde auf die Vorderseite gehen und klingeln. Mal sehen, wie sie reagieren. Vielleicht verraten sie sich. Traust du dir zu, hier alleine zu bleiben?"

Mats nickte eifrig. Er wollte wieder zum schützenden Hibiskus krabbeln, als Michi ihn festhielt.

„Regel Nummer fünf für Nachwuchsdetektive: Immer in sicherer Entfernung bleiben."

„Gerade hast du das Gegenteil gesagt!", protestierte Mats.

„Das gilt für Profis. Du willst erst noch einer werden."

Michi stand auf und lief gebückt durch das lichte Dickicht.

Nicht weit von ihnen lag eine kleine, bewegungslos verharrende Gestalt im Gebüsch. Michi und Mats ahnten nicht, dass sie schon die ganze Zeit beobachtet wurden. Und keiner von ihnen sah, wie die Gestalt zum Funkgerät griff.

FREITAG 14:36

Alexander Bronin sah von seinem antiken Schreibtisch auf, als die beiden Männer sein geräumiges Privatbüro betraten. Sie waren ganz in Schwarz gekleidet, hatten schwarze Wollmützen auf und schwarze Westen mit zahlreichen, voll gestopften Taschen. Beide trugen Pistolen in einem Gürtelholster. Bronin kniff die Augen zusammen. Er warf einen Blick auf die große Standuhr neben der Tür.

„Ich nehme an, Sie benötigen mein E-Car für Ihre Operation?"

Der Kleinere der beiden nickte.

Bronin räusperte sich. „Der Schlüssel liegt auf der Kommode in der Eingangshalle."

Die beiden Männer rührten sich nicht.

„Gibt es noch etwas, meine Herren?"

Der Kleinere, der sich Jesus nannte, lächelte unverfroren. „Wir benötigen nicht nur den Wagen, wir benötigen einen Chauffeur."

„Ich habe meinem Personal freigegeben, so wie es verlangt wurde."

„Sie fahren uns", befahl Jesus.

Bronin erbleichte. „Unmöglich. Ich will da nicht hineingezogen werden."

Jesus lächelte.

„Auf gar keinen Fall."

Jesus trat an den Schreibtisch. Seine Hand schoss vor. Bronin hob abwehrend beide Hände über den Kopf. „Tun Sie mir nichts."

Jesus griff lächelnd zum Telefon. „Soll ich *ihn* anrufen? Und melden, dass Sie sich unkooperativ verhalten? Unsere Mission gefährden? Ich bin mir sicher, das würde *ihm* nicht gefallen."

Bronins Gesicht hatte mittlerweile jede Farbe verloren. Zitternd erhob er sich aus dem Drehstuhl.

Jesus legte den Hörer wieder auf.

„Warum nicht gleich so?"

FREITAG 14:40

Michi atmete langsam aus. Er drückte auf den Klingelknopf. Hastig stopfte er sein hellblaues Hemd in die Jeans und fuhr sich mit der Hand durch die Haare. Er setzte ein Lächeln auf, doch niemand kam zur Tür, um zu öffnen. Michi sah sich um. Er klingelte noch einmal. Gleich darauf ein drittes Mal.

Ohne Vorwarnung wurde die Tür aufgerissen. Der junge Mann starrte ihn finster an.

Michi lächelte. „Guten Tag, ich bin Michi. Ist Yoshi da?"

Der Mann musterte ihn stumm.

Michi linste an ihm vorbei. Sein Blick reichte bis zur Terrasse. Dort, wo Yoshi noch kurz zuvor gesessen hatte, lagen jetzt nur noch seine Schulbücher. Von Yoshi fehlte jede Spur.

„Was willst du?" Der Mann klang nicht gerade freundlich.

„Hat Ihr Sohn nichts gesagt?" Michi beobachtete das Gesicht des Japaners genau, bereit, jede verdächtige Regung zu registrieren. Doch der Mann schien überhaupt keine Gesichtsmuskeln zu besitzen. Er sah Michi lange an, bevor er sich äußerte.

„Es ist ungünstig."

„Soll ich in einer halben Stunde wiederkommen?"

„Es ist ungünstig!"

Michi seufzte.

„Lassen Sie mich nur kurz zu Yoshi, dann kann ich ihm etwas geben."

Michi versuchte, sich an dem Japaner vorbeizudrücken. Doch der machte einen Seitwärtsschritt, versperrte so den Weg.

Michi stöhnte. „Wie Sie meinen. Es hat auch Zeit bis morgen."

Der Japaner nickte. Michi trat rückwärts auf den Kiesweg.

„Richten Sie ihm schöne Grüße von mir aus."

Der Mann grinste ihn an.

Michi blieb stehen.

„Also, ich gehe dann."

Der Mann nickte. Sein Mund verzog sich sogar zu einem Lächeln. Michi lächelte vorsichtig zurück. Er drehte sich um.

Und stand vor zwei großen, uniformierten Parkrangern, die ihn ernst anblickten.

FREITAG 15:23

Chief Parsson blickte aus dem Fenster seines Büros im obersten Stockwerk des Festungsturms von Fort Alcazar. Seufzend drehte er sich um. Er musterte Michi und Mats, die mit hängenden Schultern vor seinem Schreibtisch standen.

Mit einer kurzen Handbewegung gab er den Rangern, die Michi und Mats eingesammelt hatten, zu verstehen, dass er mit den Jungs allein sein wollte.

Die Ranger schlossen die Tür hinter sich. Chief Parsson beugte sich nach vorn, stützte sich mit beiden Armen auf der Schreibtischplatte ab. Er sah erst Mats, dann Michi lange in die Augen.

„Was habt ihr euch eigentlich dabei gedacht?"

Michi schluckte.

Parsson schüttelte den Kopf. „Was ist bloß in euch gefahren? Wolltet ihr Detektiv spielen? War euch langweilig? Wittert ihr jetzt hinter jedem Neuankömmling eine Verschwörung, oder ist das eure Art, neue Schulkameraden zu vergraulen?"

Michi räusperte sich.

„Mit diesem Yoshi stimmt etwas nicht."

„Aha."

„Da bin ich mir ganz sicher. Und ich, ich meine wir, haben auch schon etwas herausgefunden."

Parsson runzelte die Stirn. Mit dem Fuß zog er seinen Bürostuhl heran und ließ sich darauf sinken. Er legte die Füße auf den Tisch.

„Erzähle!", forderte er Michi auf.

Michi sah ein, dass es keinen Sinn hatte, vor Chief Parsson etwas zurückzuhalten. Er berichtete. Von dem merkwürdig abweisenden Verhalten Yoshis, seinen unjapanischen Umgangsformen, von der Telefonnummer der japanischen Geheimpolizei und dem merkwürdig geringen Altersunterschied. Parsson hörte aufmerksam zu.

Michi fasste zusammen. „Sie müssen mir doch zustimmen: Mit dem Jungen stimmt etwas nicht."

Parsson nickte. „Ganz und gar nicht. Ich muss schon sagen, ich bin beeindruckt. Es wäre mir lieber gewesen, du hättest etwas weniger Grips an den Tag gelegt. So haben wir jetzt ein Problem."

Es klopfte an der Tür.

„Herein."

Michi flüsterte Mats zu. „Ich hab's doch gesagt, wir waren auf der richtigen Spur."

Die Tür wurde geöffnet, Michi zuckte unwillkürlich zusammen. Samantha van Veeren, die Direktorin von MEGAPARK, betrat höchstpersönlich Parssons Büro, im Schlepptau ihren allseits unbeliebten Privatsekretär Swift.

Van Veeren nickte Parsson zu. Ihr Blick wanderte von Mats zu Michi. „Hätte ich mir ja gleich denken können, dass du hinter der Sache steckst."

„Was wissen sie?", fragte van Veeren den Sicherheitschef.

„Eine ganze Menge."

Van Veeren sah ihren Privatsekretär an. „Swift, warten Sie bitte draußen."

Sebastian Swift III. nickte unterwürfig und huschte lautlos aus dem Zimmer. Van Veeren sah zur Decke. Sie hatte eine Entscheidung getroffen.

„Ich kann, will und werde euch beiden nicht erzählen, um was es hier geht. Aus Sicherheitsgründen kennt außer Chief Parsson, seinem Stellvertreter und mir niemand die Details. Und das wird auch so bleiben. Nur so viel: Yoshi und seine Begleiter sind persönliche Gäste der Parkleitung, das heißt von mir. Sie sind weder kriminell noch gefährlich. Im Gegenteil. Sie sind hier, weil es hier sicherer ist als anderswo. Verstanden?"

Michi schüttelte den Kopf.

„Egal", sagte van Veeren. „Ihr schlagt euch jedenfalls jede weitere Aktivität bezüglich Yoshi aus dem Kopf. Kein Herumschnüffeln, keine unnötigen Fragen. Habt ihr *das* verstanden?"

Michi nickte.

„Fein", sagte van Veeren. „Du bist ein schlaues Köpfchen. Eines Tages wirst du erfahren, was hier vor sich geht. Vermutlich. Bis dahin bitte ich dich um einen persönlichen Gefallen."

Michi nickte. „Gerne, Frau van Veeren."

„Sorge dafür, dass Yoshi sich hier möglichst reibungslos

einfügt. Er hat es schwer genug. Sei ein bisschen nett zu ihm. Und *frage ihn nicht aus.* Kann ich mich auf dich verlassen?"

Michi nickte. „Geht klar."

„Dann zieht ab ihr beiden."

Die Jungen huschten zur Tür. Michi fasste an die Klinke.

„Eine Frage noch, Michi." Wieder war es Parsson. Michi blieb stehen, drehte sich langsam um.

„Ja?", fragte er vorsichtig.

Parsson betrachtete die Unterlagen auf seinem Schreibtisch.

„Die Geburtsdaten der Ishibashis, die Telefonnummer. Das alles steht im Computer, wie du richtig erzählt hast. Aber ohne Passwort kann man die Daten nicht abfragen."

Michi spürte, wie das Blut in seine Ohrenspitze schoss.

„Woher hattest du das Passwort?", fragte Parsson.

Michi schluckte.

„Ich ... ich ... ich hab rumprobiert."

„So?" Parsson klang nicht so, als ob er Michi Glauben schenkte.

Direktorin van Veeren räusperte sich. „Wir müssen zur Besprechung. Es wäre unhöflich, unsere Gäste warten zu lassen."

Parsson wedelte mit der Hand.

„Also schön, ihr beiden. Macht, dass ihr fortkommt."

FREITAG 16:18

Michi und Mats passierten den Kontrollpunkt zwischen dem für alle Besucher zugänglichen MEGAPARK-Gelände und Inner City. Der Parkranger nickte den beiden aus seinem kleinen Glashäuschen zu. Im Gehen sah Michi auf seine Uhr.

„Sag doch mal was!", forderte Mats. „Du hast kein Wort gesagt, seit wir in Fort Alcazar los sind."

„Regel Nummer sechs für Nachwuchsdetektive: Man muss auch mal nachdenken, statt dauernd zu plappern."

Mats zögerte. „Und worüber hast du nachgedacht?"

„Über diesen Yoshi natürlich."

„Du hast der Direktorin versprochen..."

„Ich habe ihr nicht versprochen, nicht nachzudenken."

Michi blieb stehen. „Regel Nummer sieben für Nachwuchsdetektive: Man muss wissen, wann ein Fall beendet ist..."

„Schade."

„... und dieser Fall ist es eindeutig nicht." Michi bog in die Straße ein, an deren Ende der Bungalow der Ishibashis lag.

Mats strahlte. „Heißt das, wir machen weiter?"

Er wurde ernst. „Aber wenn Chief Parsson etwas merkt?"

„Die Direktorin hat gesagt, wir sollen nett zu Yoshi sein. Wir gehen jetzt hin und sind nett zu ihm."

Michis Miene strahlte grimmige Entschlossenheit aus. „Die tun alle so, als wäre Yoshi irgendein Heiliger..."

Die beiden Jungs waren beim Bungalow der Japaner angekommen. Die Straße lag verlassen da. Michi stutzte.

„Die Eingangstür steht offen!"

Er lief rasch den kurzen Kiesweg auf das Haus zu. Mats folgte ihm. Vorsichtig schob Michi die Tür weiter auf. Drinnen war es völlig still. Michi trat ein. Er merkte, wie sich Mats eng an ihn drückte.

„Hallo?", rief Michi. „Ist da jemand?" Michi sah sich um und trat ins Wohnzimmer.

„Yoshi?", rief Michi laut.

Der Wohnzimmertisch war umgestoßen, zwei Stühle lagen auf dem Boden, eine große Blumenvase war umgekippt, eine große Wasserlache glänzte auf dem Wohnzimmerboden.

Michi spürte, wie sich seine Nackenhaare aufstellten.

„Da ist etwas Grässliches passiert."

Im selben Moment legte sich den beiden von hinten eine große, kräftige, merkwürdig riechende Hand auf den Mund. Michi wollte sich losreißen, doch ein zweiter Arm hielt ihn gnadenlos fest. Ein scheußlicher Geruch drang in Michis Nase und raubte ihm den Atem.

5

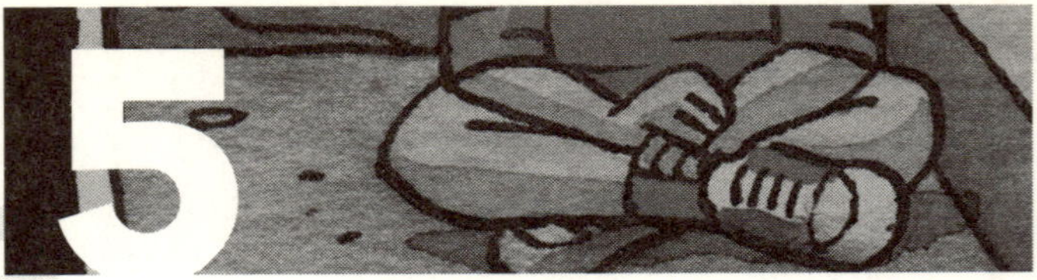

FREITAG 17:20

Die beiden jungen Japaner stiegen aus dem E-Car der Parkranger. Der Ranger, der sie von Fort Alcazar bis vor den Bungalow gefahren hatte, tippte sich zum Abschied kurz an die Stirn. Hanako verbeugte sich.

„Vielen Dank für Ihre Freundlichkeit."

Der Ranger lächelte unsicher.

Die Frau verbeugte sich noch einmal, bevor sie die Tür des E-Cars schloss.

Kenzaburo, ihr Partner, atmete heftig aus.

Hanako sah ihn an. „Du bist verärgert?"

„Ich bin beunruhigt. Ich achte Onakawa-san. Er ist ein erfahrener Geheimpolizist. Es steht mir nicht an, ihn zu kritisieren."

„Du bist besorgt?"

Kenzaburo nickte.

„Ich glaube, es war keine gute Idee, den Jungen hierher zu bringen."

„Seine Mutter hat es gewollt."

Die beiden gingen langsam zur Haustür.

„Außerdem ist es gefährlich, ihn hier in die Schule gehen zu lassen. Du hast mitbekommen, welche Probleme es bereits gab. Dieser aufdringliche Junge ..."

„Die Direktorin hat uns versichert, dass er sich nicht mehr einmischen wird."

Kenzaburo schloss auf. Er sah Hanako an.

„Unser Auftrag wird unmöglich, wenn wir ihn nicht von den Menschen hier fern halten können."

Er stieß die Tür auf. Sie sahen die Spuren des Kampfes.

„Yoshi!", schrie Hanako. Sie und ihr Partner zogen Revolver aus den Halftern unter ihren weiten Pullovern hervor.

Sie bewegten sich lautlos und gaben sich gegenseitig Deckung. Es dauerte genau zwei Minuten, bis sie sicher wussten, dass sich weder Yoshi noch eine andere Person im Bungalow aufhielt. Hanako steckte ihre Waffe zurück. Kenzaburo nahm sein Handy vom Gürtel und drückte eine Kurzwahltaste. Er fixierte Hanako, während er darauf wartete, dass auf der anderen Seite jemand abhob.

„Onakawa-san? Hier ist Kenzaburo. Wir haben ein Problem." Kenzaburo schloss die Augen. Leise sagte er:

„Er ist weg. Spurlos verschwunden."

FREITAG 17:22

Ein ungleichmäßiges Rütteln weckte Michi. Er schlug die Augen auf, sah jedoch nichts. Michi schreckte hoch.

„Autsch!" Er hatte sich den Kopf angestoßen. Seine Hände waren hinter dem Rücken mit etwas Hartem, Kaltem zusammengebunden.

Michi versuchte, in der Dunkelheit etwas zu erkennen. „Mats?"

„Er schläft noch, glaube ich."

„Yoshi?"

„Ja."

„Was ist geschehen? Wo sind wir?"

„Zwei Männer sind in den Bungalow eingedrungen, als ich alleine war. Ich habe mich gewehrt, aber sie waren stärker."

„Kannst du kein Judo oder Karate oder so was?"

„Nicht jeder Japaner ist ein Kampfsportler. Ich kann dafür anderes."

„Mikado?"

„Es ist die falsche Zeit für Witze."

„O.K., vergiss es! Was passierte dann?"

„Sie drückten mir ein Tuch vor Nase und Mund."

„Chloroform. Ich hab's auch riechen dürfen."

„Tja, und dann bin ich hier drin aufgewacht, mit Handschellen gefesselt. Aber da lagt ihr auch schon hier. Ich hab keine Ahnung, wo wir sind."

„Im Kofferraum eines E-Cars. Das hohe Summen des Motors ist unverwechselbar." Michi grübelte. „Der Kofferraum ist ziemlich groß. Es muss einer von den 300ern sein."

„Und was heißt das?"

„Er gehört zum Fuhrpark der Parkleitung. Davon gibt es nur vier oder fünf auf der Insel. Für offizielle Anlässe. Ich glaube, ein paar von den Promis auf Cantaloupe haben auch einen."

Der Wagen hielt. Michi dachte nach. Er stieß die Turnschuhe von seinen nackten Füßen.

„Was machst du?", fragte Yoshi.

„Ich stelle fest, wohin wir fahren."

„Und dazu ziehst du die Schuhe aus?"

„Es ist früher Abend. Die Sonne steht deutlich im Westen. Klar?"

„Und?"

„Die E-Cars sind aus Aluminium, um Gewicht zu sparen. Aluminium leitet Wärme wunderbar."

Michi streckte sich und drückte seine Fußsohlen gegen die rechte Seitenwand. „Vorsicht!", sagte er. Dann drehte er seinen ganzen Körper in dem engen, mit drei Jungs dicht bepackten Kofferraum. Yoshi bekam dabei einen ungewollten Tritt. Mats schlief noch immer. Michi drückte seine Fußsohlen gegen die linke Wagenseite. Er stutzte.

„Ungefähr gleich."

Er zog die Beine an und fühlte die Temperatur am Heck.

„Autsch!"

„Wärmer?"

„Und wie. Wir fahren nach Osten. Und das offensichtlich schon längere Zeit."

„Das heißt?"

„Wir sind auf dem Weg Richtung Camelot Country oder ... zum Flughafen!"

Mats begann zu stöhnen.

„Mats?"

„Wo bin ich?"

„Hör zu, Kumpel. Krieg jetzt keinen Anfall. Es gibt schlechte Nachrichten."

FREITAG 18:05

Der ältere Japaner ließ seinen Blick in die Runde schweifen. Onakawa sah Hanako an. Die schlug ergeben die Augen nieder. Auch ihr Partner Kenzaburo wich seinem Blick aus. Onakawas Blick kreuzte sich mit dem von Chief Parsson. Parsson räusperte sich.

„Wenn ich zusammenfassen darf?"

„Gerne, Parsson-san. Wir sind Ihnen dankbar für Ihre Hilfe. Und die Ihrer Männer."

„Yoshi war im Bungalow eingeschlossen. Während wir darüber berieten, wie wir Yoshis Aufenthalt hier auch weiterhin so geheim wie möglich halten könnten, wusste irgendjemand auf der Insel längst Bescheid. Er oder sie sind in den Bungalow eingedrungen. Es gab offensichtlich einen kurzen Kampf und dann sind Yoshi und der oder die ominösen Fremden spurlos verschwunden."

Onakawa nickte. „So scheint es zu sein."

Parsson zögerte. „Ist es möglich, dass Yoshi eventuell aus eigenem Antrieb den Bungalow verlassen hat?"

„Er hatte keinen Grund dazu. Bei uns war er sicher. Wo sollte er hin?"

Parsson stand auf. „Dann gehen wir davon aus, dass es sich um eine Entführung handelt. Ich verständige die Polizei auf dem Festland."

Auch die drei Japaner erhoben sich.

„Ist dies absolut nötig, Parsson-san?", fragte Onakawa.

Parsson nickte. „Wir sind zwar für die Sicherheit hier auf MEGAPARK verantwortlich, aber meine Ranger sind keine Polizisten. Streng genommen dürfen wir niemanden verhaften. Aber keine Sorge, Inspektor Costalas ist ein alter Freund von mir. Und er ist verschwiegen. Wir werden MEGAPARK so gut wie möglich abriegeln. Sie können die Insel nur mit dem Flugzeug oder dem Luftkissenboot verlassen. Wir kontrollieren ab sofort Hafen und Flughafen, auch wenn es Ärger geben wird. Und dann starten wir die Suche."

Onakawa nickte. „Wir haben für einen solchen Fall Vorsorge getroffen. *Du sollst eine Hecke stets aus Holz und Bambus bauen,* sagen die Meister."

„Wie meinen Sie das?"

„Vertraue nie nur auf einen einzigen Schutz, er könnte versagen."

Onakawa wechselte zwei kurze Sätze auf Japanisch mit Kenzaburo.

Kenzaburo wandte sich an Parsson. „Yoshi trägt ein Amulett um den Hals. Mit einem eingebauten Peilsender."

Parssons Miene hellte sich auf. „Das klingt gut."

„Wir haben einen Empfänger mitgebracht, der an einen Laptop angeschlossen wird und uns so jederzeit auf den Meter exakt den Aufenthaltsort des Jungen mitteilt."

Parsson rieb sich die Hände. „Ausgezeichnet. Haben Sie das Gerät dabei?"

Kenzaburo sah Onakawa an. Der ältere Japaner setzte eine bedauernde Miene auf.

„Empfänger und Laptop sind ebenfalls spurlos aus dem Bungalow verschwunden."

Parsson atmete geräuschvoll aus.

„Aber wir haben die Frequenz, auf welcher der Sender seine Signale abgibt."

Parsson nickte. Er griff zum Telefon. „Schicken Sie mir Elly Janssen hoch, so schnell wie möglich."

Er legte auf. „Wir haben da eine Expertin im Hause. Vielleicht hat sie eine Idee..."

FREITAG 18:09

Elly Janssen schwitzte. Sie öffnete die Tür ihres Büros. Unsicher sah sie von rechts nach links und huschte in den kleinen Raum. Vorsichtshalber verschloss sie die Tür hinter sich. Sie lehnte sich gegen die Wand und atmete heftig.

Soeben hatte Elly erfahren, dass der japanische Junge entführt worden war. Es war möglich, die Signale des Peilsenders aufzufangen und auf die digitale MEGAPARK-Karte im Computer zu übertragen. Das wusste sie. Und hatte es Parsson auch gesagt.

Das war tatsächlich kein Problem. Aber Elly hatte ein anderes. Ihr Zugriff auf die Datei der drei Japaner hatte Spuren im System hinterlassen. Außer ihr konnte sicher keiner auf MEGAPARK sie zurückverfolgen. Aber wenn die Polizei erst einmal ihre Ermittlungen aufgenommen hatte ...

Ihr Blick glitt über die offenen Regale an der Wand ihres Büros. Laptops, Scanner, digitale Kameras. Sie war wirklich optimal ausgerüstet. Sie trat ans Regal und zog einen Laptop heraus. Sie zögerte. Sah von ihrem unordentlichen Schreibtisch über den Computer zum Telefon. Elly dachte nach. Entschlossen griff sie zum Hörer. Sie wählte, setzte sich gleichzeitig. Dabei warf sie ihre Kaffeetasse um. Sie ließ den Hörer fallen und riss die Computertastatur in die Höhe.

„Mist", fluchte sie. Als sie die Tastatur umdrehte, tropfte dunkelbrauner Kaffee auf den Schreibtisch. Sie tupfte den Kaffee mit einem Computerausdruck auf. Ihr fiel das Telefon ein. Erneut griff sie danach. Es klingelte noch immer.

„Komm schon, lass ihn da sein." Sie knüllte das kaffeegetränkte Papier zusammen und warf es in den Papierkorb.

FREITAG 18:10

In der Rue Montbrillant in Genf hatte das Wochenende noch immer nicht Einzug gehalten. Dem schlichten Gebäude war von außen nicht anzusehen, welch wichtige Arbeit darin Tag für Tag geleistet wurde. Das UN-Hochkommissariat für Flüchtlingsfragen mit seinen weltweit über 5000 Mitarbeitern hatte seinen Hauptsitz in der Schweiz.

Shikibu Takamura nahm ihre Aufgabe ernst. Als eine der stellvertretenden Direktoren des Flüchtlingskommissariats kümmerte sie sich seit Jahren vor allem um die Millionen Flüchtlinge in Osteuropa und auf dem Balkan. Nach dem Zusammenbruch der einstmals kommunistischen Staaten hatten dort skrupellose Diktatoren immer wieder nach der Macht gegriffen und dabei jedes Mittel genutzt. Völkerhass, Vertreibung und sogar die Ausrottung ganzer Volksgruppen drohten täglich aufs Neue. Frau Takamura war oft selbst auf den Balkan geflogen, um sich für die Flüchtlinge einzusetzen. Durch ihren unermüdlichen Einsatz hatte sie sich dort viele erbitterte Feinde gemacht. Ein besonders rücksichtsloser Ex-General hatte ihr und ihrer Familie blutige Rache geschworen.

Takamura nahm die Drohung ernst. Und das tat auch die UNO. Zurzeit arbeitete ein internationales Team fieberhaft daran, den gesuchten Kriegsverbrecher zu fassen. Bis dahin hatte Frau Takamura ihren Sohn Yoshi auf Anraten der UNO aus seinem Schweizer Internat geholt und – beschützt durch die Geheimpolizei ihres Heimatlandes – in Sicherheit bringen lassen.

Der Vorschlag, Yoshi auf MEGAPARK zu verstecken, stammte von Frau Takamura selbst, das heißt vielmehr von ihrer langjährigen guten Freundin van Veeren. Die beiden kannten sich seit ihrer gemeinsamen Studienzeit. Und sie hatten sich nie aus den Augen verloren.

Als das Telefon auf ihrem gläsernen, aufgeräumten Schreibtisch klingelte, blätterte Shikibu Takamura gerade in einer dicken Akte. Sie enthielt ausschließlich Namen. Namen von Menschen, die in den Bürgerkriegswirren auf dem Balkan vermisst wurden.

Ohne aufzusehen, drückte sie auf den Annahmeknopf ihres modernen Telefons. Die Stimme des Anrufers wurde laut übertragen.

„Spreche ich mit Shikibu Takamura?“, fragte eine seltsam elektronisch klingende Stimme auf Englisch.

Takamura wusste, wie ein Sprachverzerrer klang. Sie griff

erschrocken nach dem Hörer. Der Lautsprecher schaltete sich automatisch aus.

„Wer spricht da?"

„Wir haben Ihren Sohn."

Takamura erbleichte. „Soll das ein Scherz sein?"

„Wir scherzen nicht. Wir haben Ihren Sohn und zwei seiner Freunde auf MEGAPARK geschnappt. Ihre Namen sind Mats Aklund und Michael Holten. Lassen Sie das überprüfen. Und bevor Sie Ihre Leute auf uns hetzen wollen, sollten Sie wissen, dass wir die Insel längst verlassen haben."

Takamura genoss den Ruf, ebenso blitzschnell wie flexibel auf jede Situation reagieren zu können. Jetzt aber ging es um ihren Sohn. Sie versuchte, einen klaren Gedanken zu fassen.

„Lassen Sie mich mit ihm sprechen."

„Nein."

„Warum soll ich Ihnen glauben? Wer weiß, ob Ihre Behauptung stimmt. Lassen Sie mich mit ihm sprechen, oder ..."

Die Stimme lachte höhnisch. „Oder was? Was wollen Sie tun?"

Die Stimme wurde ernst.

„Ich werde Ihnen sagen, was Sie tun, wenn Sie Ihren Sohn lebend wiedersehen wollen."

Takamura atmete heftig.

„Ich höre."

„Sie werden am kommenden Montag um genau 14.00 Uhr Ortszeit Ihren Rücktritt erklären."

„Warum?"

„Weil Sie erkannt haben, dass die Einmischung der UNO auf dem Balkan unrechtmäßig und völkerrechtswidrig ist, weil die UNO-Angaben über die angeblichen Flüchtlinge gefälscht sind und weil Sie nicht länger an den Propagandalügen der UNO Mitschuld tragen wollen."

„Sie wissen, dass das nicht stimmt."

„*Sie* wissen, dass wir Ihren Sohn haben. Wir rufen wieder an."

Langsam legte Takamura den Hörer auf.

FREITAG 18:45

Parsson stand mit dem Fernglas auf der Spitze des Zauberberges. Neben ihm ragte Merlins Turm in die Höhe. Von hier, einem Hügel am südöstlichen Hang des großen Vulkans im Zentrum der Insel, hatte man einen prächtigen Überblick.

Parsson ließ das Fernglas sinken. Neben ihm kniete Elly Janssen am Boden. Auf ihren Oberschenkeln ruhte der Laptop, dessen kurzes Kabel zu einer kleinen Peilantenne führte. Die drei Japaner sahen Elly aufmerksam über die Schulter. Ein Dutzend bewaffneter Ranger stand hinter ihnen.

„Haben Sie das Signal, Elly?"

„Klar und deutlich, Boss."

Parssons Funkgerät piepste. Er hob es ans Ohr.

„Parsson ... Wirklich? Und was haben sie verlangt?" Parsson hörte geduldig zu. Schließlich beendete er das Gespräch.

„Schlechte Nachrichten, Parsson-san?", fragte Onakawa.

Parsson nickte. „Wir wissen jetzt zumindest, dass es tatsächlich eine Entführung ist. Die Entführer haben sich bei seiner Mutter in Genf gemeldet. Angeblich ist Yoshi nicht mehr auf der Insel."

„Wie erklären Sie sich dann das Signal, das wir empfangen?"

Parsson sah Elly an, die seinem Gespräch mit Onakawa zugehört hatte.

„Die Entführer haben behauptet, sie hätten auch Michi und Mats in ihrer Gewalt."

„Nein!", rief Elly erschrocken.

„Wir werden es prüfen, aber wir müssen davon ausgehen, dass es stimmt."

Elly senkte ihren Blick. „*Das* habe ich nicht gewollt."

Parssons Augenbrauen zuckten. „Wie meinen Sie das?"

Elly errötete. „Ich ... Michi ..."

„Ja?"

„Ich mache mir Vorwürfe, weil Michi in meinem Beisein angedeutet hat, Yoshi komme ihm merkwürdig vor und er wolle *ihm auf den Zahn fühlen.*"

„Das hat er auch gemacht. Wir haben ihn dabei erwischt und ihm eingebläut, die Finger von Yoshi zu lassen. Das hat er offensichtlich nicht getan." Parsson legte Elly die Hand auf die Schulter.

„Was auch immer heute Mittag im Bungalow geschehen ist – es nützt nichts, wenn wir uns selbst Vorwürfe machen. Lassen Sie uns unsere Arbeit tun."

Er sah auf den Bildschirm. „Wo ist das Signal?"

Elly schluchzte. „Es ist östlich von uns, Richtung Camelot Castle. Irgendwo im Wald da unten." Sie deutete in Richtung der Burg. Bunte Fahnen wehten auf deren Türmen.

Parsson rieb sich das Kinn. „Wir können es uns nicht leisten, das Signal zu ignorieren. Bis die Polizei ankommt, wird es noch ein paar Stunden dauern."

Parsson hob das Funkgerät. „Wir kreisen sie ein. Los geht's!"

FREITAG 18:55

Hermann Schmid streckte die Hand aus. „Hast du noch ein Bier?" Seine Frau, die am Rand der Picknickdecke kniete, öffnete die Kühltasche. Wortlos brachte sie eine Flasche zum Vorschein. Ihr Mann drehte sich zu den Zwillingen um.

„Jessica, Jasmin. Verfüttert nicht alles an die Viecher."

Die beiden sechsjährigen Mädchen standen mitten in der kleinen Waldlichtung am Fuß der Anhöhe, auf dessen Gipfel das mächtige Camelot Castle thronte. Die Lichtung war als Picknickplatz gekennzeichnet. Eine kleine Herde von acht oder neun der halb wild auf der Insel lebenden Ziegen hatte sich um die beiden Mädchen versammelt.

Sie fütterten die Tiere begeistert mit frischem Weißbrot.

„Gib's der Kleinen, die ist so süß", rief Jessica ihrer Schwester zu.

Das kleine Zicklein sprang aufgeregt umher. Jasmin versuchte, ihm ein Stück Brot zuzuwerfen. Aber die Großen waren schneller.

Ein Blinken am Hals des Zickleins machte das Mädchen neugierig. So neugierig, dass es dem scheuen kleinen Tier bis zum Waldrand folgte. Erst dort, abseits des Trubels blieb das Zicklein endlich stehen. Es hatte eine goldene Kette um den Hals. Langsam und vorsichtig griff das Mädchen danach und zog sie dem Tier über den Kopf. Ein großes Amulett hing daran.

Ein Schatten fiel auf das Gesicht des Mädchens. Es sah auf. Ein großer, bärtiger Mann stand vor ihr. Weitere Männer kamen aus dem Unterholz. Sie hatten Gewehre in den Händen.

Jasmin schrie. Ihre Eltern sprangen erschrocken auf.

Chief Parsson lächelte das Mädchen an und streckte die Hand aus.

„Darf ich das Amulett haben? Es gehört uns."

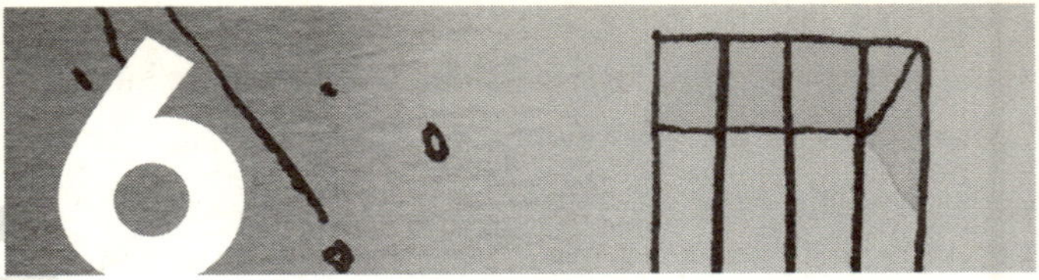

6

FREITAG 19:00

Der große, maskierte Mann zog die schwere Kellertür hinter sich zu. Ein Schlüssel wurde im Schloss gedreht.

Michi atmete auf. Sie waren fast eine Stunde lang mit dem E-Car unterwegs gewesen. Hauptsächlich Richtung Osten. Nach einem kurzen Zwischenstopp folgten noch einmal wenige Minuten Fahrt. Dann waren sie einzeln, jeweils mit einem dunklen Stoffbeutel über dem Kopf, in diesen Kellerraum geführt worden.

Michi sah sich um. Der Raum war ungefähr so groß wie eine Garage, jedoch wesentlich höher. Und er war beinahe leer. Eine dünne, fleckige Matratze lag in einer Ecke, im gegenüberliegenden Eck stand ein kleines chemisches Camping-WC.

Eine nackte Glühbirne beleuchtete notdürftig den Raum, unerreichbar hoch an der Decke. Ein winziges Fenster gut drei Meter über dem Boden ließ etwas Licht herein. Einen Ausblick gestattete es jedoch nicht.

„Immerhin haben sie uns die Handschellen abgenommen“, sagte Mats.

Yoshi lehnte sich an die Wand. „Was nützt uns das?“

Michi sah auf seine Uhr. Die Männer hatten ihre Taschen geleert, die Uhr jedoch an Michis Arm gelassen. Es war kurz nach sieben.

„Was machen wir jetzt?“, fragte Mats. Yoshi starrte stur geradeaus.

Michi sah ihn von der Seite an. „Ich schätze, wir haben eine lange Nacht vor uns. Wie wäre es, wenn du uns eine Geschichte erzählst?“

„Du meinst *meine* Geschichte?“

„Vermutlich sitzen Mats und ich nur hier drin, weil wir zufällig in *deine* Show gestolpert sind. *Du* hast hier die Hauptrolle. Da wäre es nur recht und billig, wenn wir beide erfahren, welcher Film gespielt wird. Meinst du nicht?“

Yoshi lächelte. „Na schön. Mein Geheimnis ist ohnehin keines mehr.“

Michi streckte die Beine aus. „Fang ruhig ganz von vorne an. Ich habe heute nichts mehr vor.“

Mats kicherte.

Yoshi zog die Knie an und verschränkte die Arme darum. „Mein Nachname ist nicht Ishibashi, sondern Takamura.“

„Und Hanako ist nicht deine Mutter“, stellte Michi fest.

„Stimmt. Meine Mutter arbeitet bei der UNO. Genauer gesagt beim Hochkommissariat für Flüchtlingsfragen in Genf…“

FREITAG 21:12

Chief Parsson und die drei japanischen Polizisten standen im Innenhof von Fort Alcazar, als die Wagenkolonne eintraf.

Der erste Wagen hielt. Ein mittelgroßer, bärtiger Mann mit dichtem schwarzem Kraushaar und einem dunklen Anzug stieg aus dem Wagen. Er lächelte Chief Parsson an.

„*Jassu,* Robert.“

„*Jassu,* Manoli.“

Inspektor Costalas sah die drei Japaner. Chief Parsson stellte die Polizisten vor, die sich höflich verbeugten. Costalas erwiderte die Verbeugung. Dann sah er Parsson ernst an.

„Ihr habt keine Spur?“

„Nicht die geringste. Die Sache mit dem Peilsender war ein Reinfall. Sie hatten ihn einer Ziege umgehängt."

„Michi Holten und ein weiterer Junge sind auch verschwunden?"

Parsson nickte.

Costalas seufzte. „Lasst uns hineingehen und einen Kaffee trinken. Meine Männer laden in der Zwischenzeit aus. Ich habe ein Geiselbefreiungsteam aus Athen angefordert. Aber es wird erst morgen Früh eintreffen. Bis dahin können wir nur hoffen, dass nichts Dramatisches geschieht ..."

SAMSTAG 08:41

SA 08:41

Mats schlug die Augen auf. Er blinzelte. In dem Raum war es fast dunkel. Die Glühbirne leuchtete nicht mehr. Nur ein winziges helles Rechteck auf dem Boden gegenüber dem schmalen Kellerfenster zeigte an, dass die Sonne schien. Mats schüttelte den Kopf. Ihm bot sich ein merkwürdiges Bild.

Yoshi saß auf den Knien in der Mitte des Raumes. Seinen Rücken hielt er straff aufrecht. Seine Hände ruhten, locker übereinander gelegt, in seinem Schoß. Seine Augen waren geschlossen. Michi schlurfte, leise vor sich hin murmelnd, im Kreis um Yoshi herum.

Mats stand auf und streckte seine Glieder. Weder Yoshi noch Michi beachteten ihn. „Was macht ihr da?", fragte er.

„Ruhe, ich denke nach", brummte Michi, ohne seine Runden zu unterbrechen.

„Und was macht er?"

„Er *meditiert*?"

„Geht's ihm gut?", fragte Mats.

Yoshi öffnete die Augen. Er lächelte Mats zu. „Mir geht es prima. Danke für dein Interesse."

Mats legte den Kopf schief. „Bringt das was? Ich meine, was soll das? Ich wollte sagen…"

„Du weißt nicht, wozu das gut sein soll?"

Mats nickte.

Yoshi lächelte. „Der Weg des Zen hilft immer."

„Wie?" Mats schien irritiert.

Yoshi fuhr fort. „Wer die Kunst der Meditation beherrscht, dem hilft sie in allen Lebenslagen. Entspanne dich, mache deinen Geist völlig frei, dann erreichst du einen Zustand vollkommener innerer Harmonie, der dir hilft, Schmerzen und Ängste zu ertragen. Dann erst ist es dir möglich, in schwierigen Situationen Zuversicht zu entwickeln und auf deine Zukunft zu vertrauen."

Michi blieb zwischen Mats und Yoshi stehen. „Wie soll bei dem Geplapper jemand nachdenken können?"

Yoshi sah Michi nachsichtig an. Er stand auf und lockerte seine Beine. Michi betrachtete nachdenklich das kleine Fenster unter der Decke.

Yoshi sah ebenfalls nach oben. „Glaubst du, da könnten wir rauskommen?"

„Wir sollten es zumindest versuchen", entschied Michi.

Er stellte sich mit dem Rücken an die Wand und hielt die ineinander gelegten Hände vor sich. „Hopp!", rief er.

Yoshi zögerte kurz. Dann setzte er einen Fuß in Michis Handflächen. Mats stützte ihn, Yoshi kletterte auf Michis Schulter. Der stöhnte leise unter seiner Last.

Yoshi betastete den Fensterrahmen.

„Und?", fragte Mats.

„Der ist aus Stahl und fest eingelassen."

„Und wenn wir die Scheibe zerschlagen?"

„Sinnlos. Dahinter sind massive Gitterstäbe."

„Hast du wenigstens gesehen, wo wir sind?", fragte Michi.

„Man sieht nur ein winziges Stück Rasen, dann kommen hohe Büsche. Oben ein wenig Himmel."

„Mehr nicht?"

Yoshi schüttelte den Kopf und landete auf dem Boden.

SAMSTAG 11:03

Fabian drückte die Tür zum Foyer des Hotel Imperial auf. Er nickte Sheila zu. „Dann wollen wir mal."

Sheila sah ihn an. „Das klingt so, als wärst du unterwegs zu deiner eigenen Hinrichtung."

„*Du* hättest mit Michis Mutter telefonieren sollen. Die Ärmste klang völlig aufgelöst."

Die beiden traten ins Foyer. Sheila wich einer Gruppe Jugendlicher aus. „War schon richtig von dir, ihr anzubieten, gemeinsam ins Fort hochzufahren."

Fabian lächelte. „Trotzdem ist mir mulmig. Ich habe keine Ahnung, was ich tun soll, wenn sie losheult."

„Nichts."

„Nichts?"

„Das ist ja das Problem mit euch Männern. Immer müsst ihr irgendetwas *tun*. Statt uns einfach mal in Ruhe zu lassen, wenn uns nach Heulen zumute ist."

Sheila deutete zur Rezeption. „Sieh mal, dort ist Elly."

Elly Janssen kam aus dem Raum hinter der Rezeption. Dicht gefolgt von Empfangschef Franklin. Sie drehte sich zu dem großen Mann um und lächelte ihn an.

„Hy, Elly! Was machst du hier?", rief Fabian.

Elly und Franklin fuhren herum.

„Stören wir?"

„Ich wollte gerade gehen", sagte Elly.

„Läuft er wieder?“, fragte Sheila.

Elly stutzte. „Wie? Was?“

„Na, der Computer. Oder weshalb warst du ...?“

„Der Computer? Ja. Ja klar.“ Elly sah Franklin an. „Ich gehe dann. Wenn noch etwas ist mit dem ... Computer, dann wissen Sie ja, wo Sie mich erreichen. Und tschüss, ihr beiden.“

Elly drehte sich um und lief erstaunlich schnell durch das Foyer durch.

„Und was kann ich für euch tun?“, fragte Franklin.

„Wir wollen Michis Mutter abholen. Sie wartet auf uns.“

Franklin griff zum Telefonhörer.

„Ich sage ihr Bescheid.“

Sheila lächelte ihn an. Fabian sah gedankenverloren Elly nach, die durch die Tür ins Freie trat.

SAMSTAG 15:41

„Werden sie uns umbringen?“, fragte Mats.

Michi ließ sich neben ihn auf die Matratze sinken. „So was darfst du nicht mal denken. Sie tragen Masken. Das würden sie nicht tun, wenn sie nicht davon ausgehen würden, dass sie uns irgendwann freilassen.“

„Sicher?“

Michi zögerte. „Was meinst du, Yoshi? Yoshi?“ Michi stöhnte. „Nicht zu fassen, der meditiert schon wieder.“

Yoshi räusperte sich. Er stand auf. „Wirklich, ihr solltet es auch versuchen. Es beruhigt enorm.“

„Ich *will* mich aber nicht beruhigen“, sagte Mats. „Ich will hier raus.“

„Mir hilft die Zen-Meditation wirklich.“

„Du bist doch sonst nicht so auf dem Japantripp“, murrte Michi.

Yoshi lächelte. „Die Kultur des Reiches der aufgehenden Sonne lebt in jedem Japaner, egal, wo er aufwächst."

Michi zuckte zusammen.

„Sag das noch mal!"

„Wie bitte?"

„Was für ein Reich?"

„Japan. Es heißt auch das Reich der aufgehenden Sonne."

„Bingo!", rief Michi. „Das ist es. Das ist das fehlende Glied in der Kette."

Michi deutete auf das Kellerfenster.

„Die aufgehende Sonne. Ich weiß, wo wir sind."

Michi malte mit einem Finger in den Staub des Kellerbodens.

„Wir sind in Inner City gestartet. So viel steht fest. Und wir sind immer noch auf der Insel. So viel ist auch klar. Anfangs ist der Wagen immer Richtung Osten gefahren. Der Dauer nach zu urteilen vermutlich ziemlich bis an die Ostgrenze der Insel, dort, wo der Flughafen liegt. Dann ging es aber noch weiter. Und ich konnte nicht mehr feststellen, von wo die Sonne schien. Warum?"

„Ich weiß es nicht", gestand Yoshi.

„Weil wir wieder Richtung Westen fuhren. Da kam die Sonne von vorn. Im Kofferraum war das nicht zu bemerken. Dann haben wir ganz kurz gehalten, vermutlich an einem Kontrollpunkt. Wenig später ein zweites Mal, wir waren am Ziel. Und jetzt stecken wir in einem Keller irgendwo an der Ostküste. Erinnert ihr euch? Die Morgensonne schien hier herein. Das alles zusammen lässt nur einen Schluss zu: Wir sind auf Cantaloupe."

„Sicher?"

„Hundertprozentig. Die Fahrt ging erst durch Central

Park, Camelot Country und Alphaworld bis zum Flughafen, dann im Bogen die Straße weiter, ein Stück zurück nach Westen durch Silverado. Der Halt fand genau hier statt. Am Übergang von MEGAPARK nach Cantaloupe. Und sie haben uns in eine der Villen auf der Ostseite gebracht."

„Ich weiß nicht", sagte Mats.

„Eine andere Erklärung gibt es nicht. Denkt auch an den großen Kofferraum. Es war keines der Parkleitungs-Fahrzeuge, sondern eines der E-Cars hier auf Cantaloupe."

Yoshi nickte. „Das klingt plausibel. Doch was bringt uns das? Wir können es niemandem mitteilen."

Michi kratzte sich an der Nase. „Abwarten, einfach abwarten..."

Sie erstarrten, als der Schlüssel im Schloss der Kellertür gedreht wurde.

Michi verwischte in Windeseile die staubige Zeichnung am Boden. Alle drei wichen an die gegenüberliegende Wand zurück, als zwei maskierte und bewaffnete Männer den Raum betraten. Der Kleinere der beiden zeigte auf Yoshi.

„Du da. Mitkommen."

Yoshi schüttelte den Kopf. „Sie wollen mich wegbringen. Ich gehe nicht ohne..."

„Du kommst mit. Deine Mutter hat Sehnsucht nach dir. Sie möchte ein paar Worte aus deinem Munde hören."

Yoshi zögerte. Michi näherte sich seinem Ohr und flüsterte ihm etwas zu.

„Schluss mit dem Getuschel. Komm jetzt!", befahl der Kleinere. Yoshi sah Michi irritiert an. Der nickte ihm zu. Yoshi seufzte, drückte sich aber von der Wand ab, erhob sich und folgte den beiden Männern.

SAMSTAG 16:32

Onakawa legte den Hörer auf. Er ging die wenigen Schritte vom Schreibtisch des Büros zur Besprechungsecke und ließ sich matt auf einen der Stühle gleiten. Costalas, Parsson und seine beiden japanischen Untergebenen warteten auf seine Worte.

„Takamura-san wurde erneut angerufen. Sie konnte mit ihrem Sohn sprechen. Es schien ihm und wohl auch den beiden anderen Jungen gut zu gehen."

„Haben die Entführer weitere Forderungen gestellt?", fragte Costalas.

Onakawa nickte. „Sie haben ihre alte Forderung nach Rücktritt von Takamura-san wiederholt. Und ein Lösegeld gefordert."

„Wie viel?", fragte Costalas.

„Drei Millionen Euro."

Parsson entfuhr ein Pfiff. „Die kleckern nicht. Gab es sonst noch Informationen?"

Onakawa nickte erneut. „Takamura-san hat sich entschieden, hierher zu kommen. Sie wird noch heute eintreffen."

„Ich weiß nicht, ob das eine gute Idee ist ..."

Onakawa hob eine Hand, um noch einmal die Aufmerksamkeit der Gruppe zu erhalten.

„Es gab da noch etwas Merkwürdiges. Yoshi hat etwas gesagt, das Takamura-san nicht zu deuten weiß. Er sprach zweimal von einer „krummen Gurke".

„Was sagte er genau?", fragte Costalas.

„Er sagte: Mir geht es gut, sehr gut. Wie auf einer krummen Gurke."

Parsson und Costalas sahen sich an.

„Krumme Gurke?"

Onakawa nickte.

„Und seine Mutter kann damit wirklich nichts anfangen?"

Onakawa nickte schweigend.

Costalas griff nach der Thermoskanne mit Kaffee. Er schenkte sich eine weitere Tasse ein. „Krumme Gurke? Was soll das heißen?"

Die Tür wurde langsam geöffnet. Elly Janssen streckte ihren Kopf herein.

„Ich wollte nur fragen, ob Sie mich noch brauchen, Chef?"

Parsson schüttelte den Kopf.

„Sie können gehen, glaube ich."

„Sicher? Soll ich nicht doch lieber bleiben? Ich meine, wenn ich etwas helfen kann..."

Elly verstummte. Sie sah die ernsten Gesichter.

„Schlechte Nachrichten?"

„Sie können gehen!", wiederholte Parsson, eine Spur unfreundlicher.

„Okay, Chef", sagte Elly und zog den Kopf ein. Die Tür schloss sich leise.

Parsson drehte sich um. Er sah, wie Inspektor Costalas mit zusammengekniffenen Augen in Richtung Tür starrte.

„Eine ziemlich neugierige Mitarbeiterin", sagte er entschuldigend. „Und was tun wir jetzt?"

Onakawa stand lächelnd auf. *„Der Nachtigall und dem Raben lauschen."*

Parsson zog eine Augenbraue hoch.

Onakawa erklärte: „Es ist klug, in schweren Zeiten die Meinungen verschiedener Parteien zu hören. Sie sagten, die Angehörigen warten im Kasino?"

Parsson nickte.

„Dann lassen Sie uns den armen Menschen Nachricht von ihren Kindern bringen."

„Und ihre Meinung hören?"

Onakawa verbeugte sich vor Parsson.

„Sie sind ein schlauer Mann, Parsson-san."

SAMSTAG 16:55

Elly Janssen öffnete die Tür zum Kasino der Parkranger. Fabian und Sheila standen an einem schmalen, schießschartenartigen Fenster.

Ihre Köpfe flogen ebenso schnell zu Elly herum, wie die von Mats Eltern und Michis Mutter.

„Gibt es Neuigkeiten, Elly?" Sheila sprach aus, was alle im Raum beschäftigte.

Elly zuckte mit den Schultern. „Ich weiß es nicht. Sie geben sich reichlich zugeknöpft."

Die Rangerin ging zur Kaffeemaschine, griff sich einen Porzellanbecher und füllte ihn. Damit setzte sie sich zu Miriam Holten und den Aklunds. Sie legte Frau Aklund eine Hand auf den Unterarm.

„Sie tun ihnen nichts."

„Wie können Sie da so sicher sein?", fragte die Frau, deren Augen vom Weinen rot unterlaufen waren.

„Ich habe das Gefühl, glauben Sie mir."

Erneut wurde die Tür des Kasinos geöffnet. Parsson und Onakawa traten ein. Parsson runzelte ärgerlich die Stirn, als er Elly am Tisch sitzen sah. Er trat heran und räusperte sich.

„Wir haben neue Nachrichten.“

„Gute?“, fragte Miriam Holten mit unsicherer Stimme.

„Teilweise. Yoshi durfte mit seiner Mutter sprechen. Er hat berichtet, dass alle drei am Leben sind. Soweit es die Umstände zulassen, geht es ihnen ganz gut.“

„Aber?“, fragte Elly, was ihr erneut einen bösen Blick Parssons eintrug.

„Die Entführer haben jetzt zusätzlich ein ziemlich hohes Lösegeld verlangt.“

„Es wird doch bezahlt?“, fragte Mats Mutter.

Parsson sah Onakawa an, der ihm zunickte. An Frau Aklund gewandt, sagte er: „Das Lösegeld ist nicht das Problem. Die politischen Forderungen der Erpresser können nicht erfüllt werden. Die Vereinten Nationen dürfen sich nicht erpressen lassen.“

„Was soll das heißen?“ Frau Aklunds Stimme überschlug sich. „Wollen Sie Kinder für Ihre Politik opfern?“

„Wir werden verhandeln“, sagte Onakawa. „Vielleicht sehen die Entführer ein, dass sie ihr Ziel nicht erreichen können. Möglicherweise bekommen wir so wenigstens Ihre beiden Söhne frei.“

„Und Yoshi?“, fragte Sheila.

Onakawa antwortete ihr ruhig: *„Es ist besser, den Zopf in Stücken abzuschneiden.“*

„Wie geht es weiter? Rufen die Entführer wieder an?“, fragte Miriam Holten.

„Wir wissen es nicht. Vorerst versuchen wir, das Gespräch mit Yoshi zu analysieren. Vielleicht bekommen wir einen Hinweis auf den Aufenthaltsort. Inspektor Costalas telefoniert gerade noch einmal mit Yoshis Mutter. Sie wird heute Nacht aus Genf anreisen.“

Onakawa sagte. „Vielleicht können Sie uns helfen. Yoshi sagte etwas Seltsames: ‚Mir geht es sehr gut. Wie einer krummen Gurke.'"

Sheila kicherte. „Könnte von Michi sein, der Spruch."

„Er *ist* von Michi!", rief Fabian. „Vielleicht. Was sagte er genau? *‚Wie einer krummen Gurke?'* Oder *‚Auf einer krummen Gurke'*?"

Onakawa dachte nach. „Er sagte ‚wie auf einer krummen Gurke'."

„Cantaloupe!", sagte Fabian. „Sie sind eindeutig auf Cantaloupe!"

SAMSTAG 16:59

Michi hämmerte gegen die Kellertür. „He! Aufmachen. Machen Sie doch auf."

Yoshi und Mats saßen auf der Matratze und beobachteten ihren Freund. Michi drehte sich um. Er hustete.

„Wer weiß, ob die uns überhaupt hören können", sagte Yoshi.

Michi hustete wieder. Er öffnete den obersten Knopf seines Hemdes.

Ein Schlüssel drehte sich im Schloss. Michi wich zurück. Die Tür wurde aufgedrückt. Einer ihrer Entführer, mit maskiertem Gesicht und vorgehaltener Pistole, schaute vorsichtig in den Raum.

„Was ist los? Was soll der Lärm?"

„Ich brauche mein Asthmaspray. Ich bekomme kaum noch Luft."

Der Mann starrte ihn stumm an.

Michi hustete erneut. „Bitte. Ich brauche es. Sonst bekomme ich in wenigen Minuten gar keine Luft mehr."

Der Mann dachte nach.

„Was nützt Ihnen eine tote Geisel?", fragte Michi.

Der Mann lachte auf. „*Du* nützt uns gar nichts - ob tot oder lebendig. Nur *der* da." Er deutete mit der Waffe auf Yoshi, der sein Gesicht verzog.

„Na schön. Du sollst dein Spray haben. Ich hole es dir. Aber keine Dummheiten. Ist das klar?"

Der Mann schloss die Tür. Triumphierend drehte Michi sich um. „Man muss nur freundlich bitten."

„Und warum hast du sie dann nicht freundlich gebeten, uns laufen zu lassen?", schluchzte Mats.

„Man muss immer realistisch bleiben. Das Spray ist wenigstens ein Anfang."

„Ich will raus hier!", schrie Mats. Tränen schossen aus seinen Augen. Michi trat zu ihm und legte seine Arme um ihn. Mats heulte. Er krallte sich in Michis Hemd fest. „Ich halte das nicht mehr aus. Ich will heim."

„Wir kommen heim, Mats. Ganz sicher."

Mats wand sich aus Michis Umarmung, dabei riss er einen Knopf an Michis Hemd ab. Er sah ihn an, ließ ihn fallen.

„Woher willst du das wissen?", schrie er.

„Schrei mich nicht an, Mats. *Ich* habe dich nicht entführt. Kein Grund, mir die Klamotten zu zerreißen."

Mats wischte sich die Tränen aus dem Gesicht.

„Regel Nummer acht für Nachwuchsdetektive: Immer ..."

Mats drehte sich angewidert um. „Ich pfeif auf deine Regeln! Die haben uns hierher gebracht."

SAMSTAG 17:01

Onakawa sah Fabian an. „Kannst du uns sagen, warum du dir so sicher bist, Fabian-san?"

„Michi hat erst vorgestern von Cantaloupe gesprochen. Er sagte, es sehe aus wie eine krumme Gurke…“

Ein schriller Gluckser erklang. Parsson sah Elly strafend an.

„'tschuldigung, Chef.“

Onakawa wandte sich an Parsson. „Gibt es eine Möglichkeit, die Häuser dort zu durchsuchen?“

Parsson riss erschrocken die Augen auf. „Völlig unmöglich. Absolut unmöglich. Dort wohnen ausschließlich Prominente. Viele davon millionenschwer. Das gäbe eine Staatsaffäre.“

„Und wenn es einen konkreten Verdacht gibt? Würde dann nicht Costalas-san einschreiten dürfen?“

Elly lachte auf. „Es gibt fast 50 Villen auf Cantaloupe. Wo wollen Sie anfangen?“

„Am Kontrollpunkt!“, antwortete Parsson spontan. „Es gibt nur eine Möglichkeit, von MEGAPARK aus nach Cantaloupe zu gelangen. Der Kontrollpunkt ist rund um die Uhr von zwei Parkrangern besetzt. Sie protokollieren jeden Übertritt, jedes Fahrzeug…“

Onakawa nickte. „Wenn wir prüfen, wer in der fraglichen Zeit den Kontrollpunkt passiert hat, dann wird das den Kreis der Verdächtigen erheblich einschränken.“

Elly sprang auf. „Die Liste habe ich in fünf Minuten.“

„Dann los!“ Parsson mahnte zur Eile. Elly rannte aus dem Kasino.

Parsson ging zur Kaffeemaschine. Er streckte Onakawa eine Tasse entgegen. „Kaffee?“

„Wenn Sie ein Glas Tee hätten, Parsson-san?“

SAMSTAG 17:20

Der Maskierte warf Michi das Asthmaspray zu. „Hier.“

Michi fing es auf und setzte es an. Er drückte auf den

Pumphebel und atmete kräftig ein. Dann schloss er entspannt die Augen.

Der Mann stellte ein Tablett mit einer dampfenden Porzellanschüssel vor sich auf den Boden. Ein einzelner Löffel steckte darin. Zwei Flaschen Mineralwasser standen daneben.

„Hier, euer Abendessen. Und dann legt ihr euch eine Weile aufs Ohr. Es wird eine lange Nacht. Wir haben eine kleine Seefahrt geplant."

„Wohin?", fragte Michi.

Der Mann lachte. „Das werdet ihr schon früh genug mitbekommen."

Er zog die Tür hinter sich ins Schloss. Michi trat an das Tablett und schnüffelte.

„Sie bringen uns fort von hier. Und da kannst du ans Essen denken?", fragte Mats. Seine Stimme bebte immer noch, obgleich er sich wieder etwas beruhigt hatte.

„Abwarten", entgegnete Michi.

Er starrte auf die Schüssel.

„Eine Porzellanschüssel ...", murmelte er gedankenverloren. „Porzellan gibt scharfe Scherben ..."

„Was hast du vor?", erkundigte sich Yoshi.

Michi hob abwehrend eine Hand. „Lass mich nachdenken. Wir haben eine Porzellanschüssel, zwei Glasflaschen, ein Asthmaspray, einen Löffel, eine Matratze ..."

„Hast du eine Idee?", fragte Yoshi hoffnungsvoll.

„Nein."

Mats fing wieder an zu schluchzen. Yoshi schloss die Augen.

„Willst du schon wieder meditieren?" Michi klang gereizt.

„Meditieren hilft. Es baut Aggressionen ab."

Michi sah den schniefenden Mats an, den meditierenden Yoshi, starrte zur massiven, stählernen Kellertür und merkte, wie die Wut in ihm aufstieg. Wieder starrte er geistesabwesend auf die Porzellanschüssel. Dann griff er nach dem Löffel.

SAMSTAG 17:25

Elly betrat das Kasino.

„Wieso dauert das so lange?", fragte Parsson gereizt.

Elly wedelte mit zwei Computerausdrucken. „Ein kleines technisches Problem. Aber dafür haben wir jetzt alle Daten, die wir benötigen."

Sie legte die beiden Blätter auf den Tisch. Im Nu drängten sich alle Anwesenden darum. Parsson stützte sich auf und betrachtete die Papiere eingehend. „23 Übertritte zwischen gestern Mittag zwölf Uhr und Mitternacht."

„Ziemlich viele", klagte Elly.

„Was ist das?" Costalas zeigte auf eine Spalte.

„Das sind die Kennzeichen der E-Cars, falls der Übergang nicht zu Fuß erfolgte."

Costalas nickte. „Fein. Dann haben wir noch genau 11 Verdächtige. Nein, sogar nur 10. Einer kam zweimal. Ich gehe davon aus, dass deine Ranger es bemerkt hätten, wenn Fußgänger drei Jugendliche gegen ihren Willen mitgeschleift hätten, oder?"

Chief Parsson nickte. „Ein E-Car."

„Aber ein großes!", rief Fabian.

Parsson sah seinen Sohn irritiert an.

„Papa, bei einem normalen E-Car bringst du höchstens eine Katze in den Kofferraum, so winzig ist der. Es kann nur einer von den 300ern gewesen sein, oder ein Lieferwagen."

Parsson grinste. „Genial, Sohnemann."

Er sah auf das Blatt, nahm einen Kugelschreiber aus der Brusttasche seines Hemdes und umkreiste drei Kennzeichen. Zwei davon waren identisch.

„Damit wäre die Auswahl doch enorm eingeschränkt. Es bleiben genau drei Übergänge."

Onakawa schüttelte ungläubig den Kopf. „Und wie kommen Sie zu dieser Auswahl?"

„Wir machen es uns auf MEGAPARK einfach mit den Kennzeichen. Alle Nummern der Standardwagen beginnen mit einer 1, die Lieferwagen und anderen technischen Fahrzeuge mit einer 2 und die Luxuskarossen mit einer 3."

Ziegler deutete auf einen Eintrag. „Der ist es. Um 15.05 von Cantaloupe nach MEGAPARK und um 18.24 wieder zurück. Passt genau."

„Und wieso nicht die andere Nummer?", fragte Elly.

Parsson sah noch einmal auf den Ausdruck. Seine Augen erhellten sich, sein Lachen klang froh. „Vergessen Sie die andere Nummer. Haben Sie die Namen gelesen? Kopietz & Sommer, unsere Schriftsteller. Die kommen dafür nicht infrage. Sie haben praktisch den ganzen Laden hier erfunden."

„Erfunden?", staunte Elly.

„Außerdem wären die für so was viel zu zart besaitet. Das sind nette, harmlose, ein wenig wunderliche und sensible Schriftsteller. Die kriegen schon einen Kreislaufkollaps, wenn sie eine Maus überfahren. Nein, es ist der Knabe hier."

Costalas las laut vor. „Alexander F. Bronin, zwei Begleiter. Ist das *der* Bronin?"

Parsson nickte. „Der Multimillionär vom Balkan. Auch das passt. Ich würde sagen, das ist unser Mann."

Costalas nickte. Er sah auf die Uhr.

„Ich brauche eine halbe Stunde, dann können wir unsere Profis vom Geiselbefreiungsteam hinschicken."

Parsson sah Elly an. „Sie lassen mir alles raus, was Ihr Wundercomputer über diesen Bronin hergibt. Was ist los, warum sind Sie so bleich?"

„Nichts, es ist nur mein Kreislauf ... die Aufregung."

Parsson sah Elly nach, als sie langsam den Raum verließ.

Parsson und Inspektor Costalas traten an eines der Fenster und sprachen leise miteinander.

Sheila sah zur Tür. Auch Fabian fixierte den Ausgang. Sie tippte ihren Freund sachte an: „Ich sehe mal nach Elly."

Fabian warf einen Blick zu seinem Vater, der in das Gespräch mit Costalas vertieft war. „Warte, ich komme mit."

SAMSTAG 17:39

Elly Janssen saß an ihrem Schreibtisch. Sie kniff die Augen zusammen und rieb sich die Nasenwurzel. Sie sah auf die Uhr. Ihre Augen schmerzten. Sie war müde.

Elly beugte sich über ihren Computer. Was sie jetzt zu tun hatte, würde nicht ganz einfach werden.

Sie tippte auf der Tastatur, zog einen der Computerausdrucke auf ihrem Schreibtisch zu sich und nahm einen Stift aus ihrer Schublade, um sich Notizen zu machen.

Ihr Blick fiel auf das Blatt. Es war der Ausdruck von Hanako, den sie für Michi angefertigt hatte. Sie knüllte ihn zusammen und steckte ihn in die Tasche. Sie suchte weiter, fand den von Kenzaburo.

Das Telefon klingelte. Elly griff nach dem Hörer.

„Janssen?"

Sie schluckte schwer, dennoch huschte ein kaum wahrnehmbares Lächeln über ihre roten Wangen.

Sie stopfte den zweiten Ausdruck ebenfalls in ihre Tasche.

„Wir hatten es doch fest vereinbart: Keine Anrufe an meinem Arbeitsplatz. Das ist zu gefährlich."

„Doch, natürlich. Ich auch."

Elly lauschte.

„Ich kann nicht. Es geht einfach nicht."

Sheila riss die Tür zu Ellys Büro auf, gerade als Elly sagte: „Du verlangst zu viel von mir."

Elly starrte Sheila und Fabian an. Die beiden starrten zurück.

Blitzschnell legte Elly den Hörer auf.

„Wer war denn das?", fragte Sheila.

Elly lächelte. „Nicht so wichtig."

Es klingelte erneut.

Elly starrte sie weiter an.

„Willst du nicht rangehen?", erkundigte sich Fabian.

„Ich habe keine Zeit. Ich muss einige Daten für deinen Vater besorgen."

„Geht's dir gut?" Sheila klang besorgt.

„Mir geht es ausgezeichnet. Aber ihr müsst mich jetzt in Ruhe arbeiten lassen, sonst schaffe ich es nicht rechtzeitig!"

Fabian zupfte Sheila am Ärmel. „Komm, wir gehen."

Die beiden spürten Ellys durchdringenden Blick in ihrem Rücken, als sie die Tür des Büros schlossen.

„Was ist denn mit *der* los?", fragte Sheila verwundert.

„Ich weiß nicht. Vielleicht ist sie nur überarbeitet, oder…"

„Oder was?"

„Das wage ich nicht einmal zu denken", sagte Fabian leise.

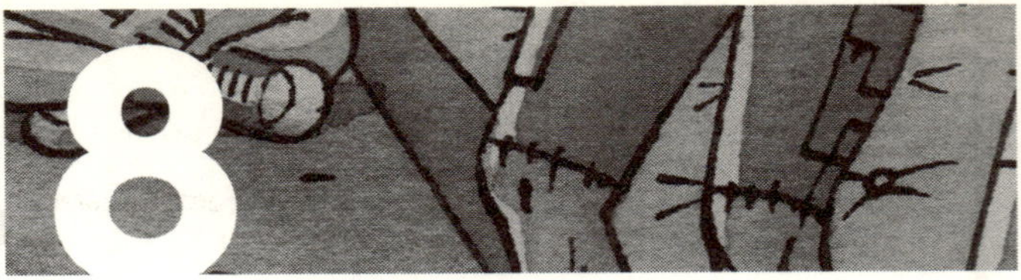

8

SAMSTAG 18:11

Parsson warf noch einen Blick auf die Wagenkolonne im Hof der Sicherheitszentrale. Die Polizisten des Geiselbefreiungsteams hatten sich auf fünf E-Cars verteilt. Parsson stieg in den ersten Wagen.

Er drehte sich zu Onakawa um. „Wann kommt Frau Takamura an?"

„Gegen 23 Uhr wird die Sondermaschine aus Genf erwartet, Parsson-san."

„Mit etwas Glück haben wir ihren Sohn bis dahin befreit."

„*Vor der Reise muss der Krieger das Pferd erst satteln,* Parsson-san."

Parsson lächelte. „Verstanden."

Er klopfte seinem Stellvertreter auf den Oberschenkel. „Fahren Sie los, Ziegler."

Ziegler startete den Motor. Doch dann schaute er irritiert aus dem Fenster. Elly Janssen stürmte aus der Eingangstür zur Sicherheitszentrale, aufgeregt mit einem Papier wedelnd. Sie rannte auf Parssons Wagen zu. Der hatte bereits das Seitenfenster herabgelassen.

Elly schnaufte heftig. „Gut, dass ich Sie noch erwische."

„Was gibt es noch?"

„Bronin. Er hat eine Yacht."

„Das weiß ich."

„Er hat für heute Abend 23.00 Uhr das Auslaufen angemeldet."

Parsson nahm Elly den Zettel ab. „Danke."

Im Anfahren drehte sich Parsson zu Onakawa um. Er sah in ein lächelndes Gesicht.

„Keinen Spruch jetzt, Meister. Ich weiß auch so, was das zu bedeuten hat."

Wortlos deutete der Japaner eine Verbeugung an.

SAMSTAG 22:05

„Das müsste reichen." Michi betrachtete den Löffel, mit dem sie lustlos die fast kalten Ravioli gegessen hatten. Gleich nach dem letzten Bissen hatte er begonnen, das Löffelende unaufhörlich an der Betonwand zu schleifen. Als er sich damit die Knöchel aufgescheuert hatte, war Mats eingesprungen. Nach über zweistündiger Arbeit war jetzt das Ende spitz und rasiermesserscharf.

„Damit lässt sich was anfangen."

„Und was?", fragte Yoshi.

„Abwarten. Vielleicht ergibt sich noch eine Gelegenheit."

„Was willst du tun? Unsere Entführer aufschlitzen?"

Michi zuckte mit den Schultern. „Verdient hätten sie's. Ich fürchte nur, dazu bin ich nicht cool genug."

Die Kellertür wurde aufgeschlossen. Blitzschnell stopfte Michi den Löffel in den Bund seiner Jeans. Er zuckte zusammen, als die scharfe Spitze die Haut an seiner Hüfte aufriss.

Die beiden maskierten Entführer traten ein.

„Los, Hände ausstrecken", kommandierte der Kleinere.

Zögernd gehorchten die drei Jungen und ließen sich Handschellen anlegen.

„Wenn ihr keinen Ärger macht, seid ihr morgen Früh vielleicht schon frei. Wir werden noch eine kleine Schiffsreise unternehmen. Und kommt mir bloß nicht auf die Idee, Lärm zu schlagen."

Der Kleinere nickte dem Großen zu. Das war das Zeichen, den dreien wieder den Leinenbeutel über den Kopf zu ziehen.

SAMSTAG 22:57

Costalas und Parsson kauerten auf einer kleinen Anhöhe. Mit ihren Nachtsicht-Ferngläsern beobachteten sie den Anlegesteg vor Bronins Villa. Eine weiße, schnittige 15-Meter-Yacht lag vor Anker.

„Sind deine Männer auf ihren Posten?", fragte Parsson.

Costalas nickte. „Das Geiselbefreiungsteam besteht ausschließlich aus Profis." Er sah zu einem uniformierten Griechen, dem Leiter des Einsatzteams, der zwei Meter von ihnen entfernt mit einem speziellen Nachtsichtgerät ebenfalls hinab zur Villa starrte. Neben ihm lag sein Adjutant, ein Funkgerät in der Hand.

„Serafos hat seine Männer im Griff. Siehst du einen Einzigen von ihnen?"

Parsson schüttelte den Kopf.

„Zwanzig Mann. Perfekt getarnt. Bereit, jederzeit loszuschlagen. Es dauert keine drei Sekunden und die Entführer sind überwältigt."

„Ich hoffe es, Manoli, ich hoffe es. Wenn den Jungen etwas geschieht ..."

„Da, Taschenlampen."

Die beiden Männer beobachteten, wie im Garten der Villa eine Taschenlampe aufleuchtete. Langsam bewegte sie sich hinab zum Schiff.

„Es ist nur *ein* Mann", stellte Parsson fest. Sie sahen, wie die Gestalt den Steg betrat, zögerte, dann aber an Bord ging. Im Schiff gingen Lichter an.

„Jetzt löst er die Leinen. Was ist mit den Jungen? Wo sind sie?"

Der Motor des Schiffes wurde angeworfen.

„Wo sind die Jungen?", murmelte Parsson.

Costalas sah zu Serafos, der den Blick erwiderte.

„Sie müssen schon an Bord sein."

„Und wenn nicht?", fragte Parsson.

Serafos sah noch einmal hinab. „Er fährt los. Jetzt oder nie."

„Tun Sie's nicht!", schrie Parsson.

„Jetzt!", befahl Serafos.

Gebannt sahen Costalas und Parsson, wie überall dunkle Gestalten aus dem Nichts auftauchten. Drei Männer schwangen sich aus dem Wasser am Schiff hoch, andere rannten über den Steg. Sie huschten lautlos an Bord. Der Motor erstarb.

Ein paar Männer drangen von mehreren Seiten in die Villa ein. Kein Schuss fiel. Alles blieb gespenstisch still, fast unwirklich.

In den Räumen der Villa gingen die Lichter an. Parsson kaute nervös auf einem Zweig herum. Costalas lauschte auf das Rauschen aus dem Funkgerät von Serafos' Adjutanten.

Endlich knackte es. Eine lange Meldung auf Griechisch war zu vernehmen. Serafos runzelte die Stirn und wandte sich an Costalas.

„Sie haben Bronin auf seiner Yacht geschnappt. Außer ihm war niemand an Bord."

„Und die Villa?"

„Sie war ebenfalls leer. Völlig verlassen."

Parsson schleuderte den Zweig auf die Erde. „Eine Pleite auf der ganzen Linie." Er zog sein Handy aus der Tasche. „Mal sehen, wie ich das den Eltern beibringen kann..."

SAMSTAG 23:05

Michi wusste, er würde seekrank werden. Die Wellen waren ungewöhnlich stark. Noch dazu hatten ihre Entführer sie in ein kleines Schlauchboot verfrachtet. Immer wieder wurde das gesamte kleine Boot von einer Welle hochgehoben, um Sekunden danach wieder klatschend in einem Wellental aufzusetzen. Michi hatte immer noch den Leinensack über dem Kopf. Völlig orientierungslos atmete er heftig, dennoch wurde ihm immer übler.

„Die Maske! Nehmen Sie mir die Maske ab!", rief Michi. Doch die Männer reagierten nicht.

„Ich muss mich übergeben!", schrie Michi.

Yoshi oder Mats stieß ihn an. Michi würgte. Eine Hand berührte ihn am Hals.

„Bitte!", flehte Michi. Mit jeder Welle drückte es in seinem Magen weiter nach oben.

„Mach schon, Nico!", sagte einer der Entführer.

Die Maske wurde ihm vom Kopf gerissen. Michi beugte sich heftig würgend über die Bordwand.

Endlich hatte Michi das Gefühl, sämtliche Innereien im Meer versenkt zu haben. Er ließ sich zurück auf den Boden des Schlauchbootes sinken.

Mats und Yoshi sahen ihn an. Auch ihnen hatten sie die Beutel abgenommen.

Cantaloupe lag weit hinter ihnen. Auf der gesamten Prominentenhalbinsel wimmelte es nur so von Lichtkegeln starker Taschenlampen.

„Die sind wohl etwas zu spät gekommen, Jesus."
Der Mann am Bug kicherte zufrieden.

„Wo bringen Sie uns hin?", fragte Michi. Es war ihm egal, wohin – Hauptsache raus aus dieser Nussschale und festen Boden unter den Füßen.

Die Männer schwiegen.

„Weit werden wir mit diesem Ding hier nicht kommen", stellte Michi fest.

„Wir müssen auch gar nicht weit kommen", entgegnete der Mann am Steuer.

9

SAMSTAG 23:31

Parsson, Costalas und Serafos standen in der Eingangshalle von Bronins Villa. Um sie herum durchsuchten die Polizisten systematisch jeden Winkel, in der Hoffnung, doch noch einen Hinweis darauf zu finden, dass die drei Jungs sich in der Villa aufgehalten hatten.

Costalas sah sich um, auf der Suche nach einem Aschenbecher für seine Zigarette. Er ging ins Wohnzimmer.

Die Eingangstür wurde geöffnet. Zwei Polizisten brachten den mit Handschellen gefesselten Bronin herein. Als er Parsson erkannte, fuhr er ihn an. „Was soll der Unsinn? Sagen Sie diesen griechischen Bauerntrampeln, dass sie mich sofort freilassen sollen."

Serafos kniff ärgerlich die Augen zusammen.

Bronin streckte Parsson die Hände entgegen. „Machen Sie schon. Dies ist *mein* Haus, *meine* Yacht. Ich hatte das Auslaufen sogar angemeldet. Sehe ich aus wie ein Bootsdieb?"

Serafos sah Parsson auffordernd an. Der räusperte sich. „Wo sind die Jungs?"

Bronin fuhr zu Parsson herum. „Welche Jungs? Was wollen Sie mir anhängen? Ich beschwere mich bei Ihrer Chefin. Ab morgen Früh dürfen Sie hier die Mülleimer leeren!"

„Wo sind Ihre Bediensteten?" Costalas war aus dem Wohnzimmer zurückgekommen. In einer Hand hielt er einen schweren Marmoraschenbecher.

„Die haben frei. Ist das verboten?"

„Verboten nicht, aber merkwürdig. Es sieht so aus, als ob Sie lästige Zeugen aus dem Haus haben wollten. Warum, wenn Sie nichts zu verbergen hatten?"

„Pfff." Bronin wehrte genervt ab.

Costalas trat näher. „Und wohin wollten Sie mit Ihrer Yacht auslaufen? Ich stamme aus einer Seefahrerfamilie. Mir können Sie nicht erzählen, dass Sie mitten in der Nacht mit so einem Schiff allein ohne Besatzung aufs offene Meer hinauswollten. Dafür braucht man mindestens drei Mann. Wo sind die anderen beiden? Sind es vielleicht diejenigen, die mit Ihnen gestern Mittag hinüber nach MEGAPARK gefahren sind? Um kurz nach drei? Und die mit Ihnen um halb sieben zurückkamen?"

Bronin schwieg. Er funkelte Costalas an. Ein Polizist trat heran und flüsterte Serafos etwas ins Ohr. Der nickte.

„Wir haben einen Kellerraum entdeckt. Er könnte als Gefängnis für die Jungs gedient haben."

Costalas lächelte Bronin an. „Kommen Sie. Wir machen eine kleine Besichtigungstour. Und danach reden wir weiter."

SAMSTAG 23:36

Vor ihnen tauchte ein schattenhafter, großer Umriss in der Dunkelheit auf. Das Schlauchboot hielt darauf zu.

Yoshi sah Michi an. „Wo sind wir?"

„Kann eigentlich nur Triamos sein. Drei kleine Inseln nordwestlich von MEGAPARK. Sie sind unbewohnt. Ein paar Ziegen, Büsche, Bäume und Felsen, sonst nichts."

Der große Maskierte vorn am Bug starrte konzentriert auf die Wasseroberfläche vor ihnen. Mit den Händen gab er dem Mann am Steuer Zeichen.

Michi tastete mit den gefesselten Händen nach dem Löffel in seinem Hosenbund.

Das Boot bog um eine Klippe. Der Seegang beruhigte sich augenblicklich. Sie waren zwischen den dicht beieinander liegenden Inseln beinahe auf allen Seiten von Land umgeben.

Das Boot lief knirschend auf Strand. Der Mann im Bug sprang heraus. Sein Partner stellte den Motor ab und klappte ihn hoch. Auch er sprang ins Wasser. Die beiden Männer zogen das Boot ein Stück weit auf den Kies.

„Los, raus mit euch", brummte der Kleinere. Michi, Yoshi und Mats stützten sich gegenseitig, während sie, behindert durch die Handschellen, über den breiten Seitenwulst des Schlauchbootes kletterten.

Die Männer führten sie über den Kies bis zu einem hohen Felsen am Rand des Dickichts, das sich von hier bis hinauf zur Inselmitte erstreckte. Der Kleinere schlang ein dünnes Nylonseil durch ihre Arme und band sie alle drei zusammen.

„So, ihr drei. Macht es euch gemütlich. Es kann ein paar Stunden dauern, bis unser Taxi kommt."

„Taxi?", fragte Michi.

„Lasst euch überraschen."

„Ich muss mal", jammerte Mats.

Der Mann drehte sich um. „Tu dir keinen Zwang an."

SONNTAG 00:11

In dem hohen Kellerraum herrschte beinahe schon ein Gedränge. Parsson, Costalas und Serafos standen um Bronin. Mehrere Polizisten suchten die Wände nach Spuren ab. Onakawa sprach leise mit Yoshis Mutter. Seine beiden Untergebenen hörten zu. Kenzaburo warf hin und wieder einen neugierigen Blick zu Bronin. Sheila und Fabian standen mit

Miriam Holten und den Aklunds nur wenige Schritte von Bronin entfernt. Der Mann leugnete nach wie vor jede Beteiligung an dem Verbrechen. Die Matratze und die Campingtoilette waren verschwunden. Der Raum war völlig leer.

„Sie waren hier. Das kann ich spüren.“ Sheila hielt mit ihrer Meinung nicht hinter dem Berg.

Einer der Polizisten rief etwas auf Griechisch, alle drängten zu ihm. Er deutete auf die Wand unter dem kleinen Lichtschacht.

„Frische Kratzspuren“, stellte Costalas fest. „Möglicherweise hat sich hier jemand versucht hochzuziehen. Oder jemand hat hier etwas geschliffen.“

Am Boden der Wand lag ein kleines Häuflein Schleifstaub. Parsson trat neben seinen griechischen Kollegen. Es knackte unter seinem Fuß. Er bückte sich. Als er sich wieder aufrichtete, lagen zwei winzige Knopfstücke in seiner flachen Hand.

„Kann das von einem der Jungen stammen?“

Frau Aklund trat vor. Sie schüttelte den Kopf. Yoshis Mutter sah Hanako fragend an. Auch sie verneinte. „Yoshi hatte kein Kleidungsstück mit einem Knopf an.“

„Miriam?“, fragte Parsson. Michis Mutter zuckte mit den Schultern. „Ich habe Michi am Freitag gar nicht gesehen. Ich musste schon früh raus. Und er sucht sich seine Kleider immer selbst zusammen…“

„Er hatte ein Hemd an. Das hellblaue!“ Sheila trat vor. Sie begutachtete die Bruchstücke und lächelte. „Der gehört Michi, keine Frage.“

„Sicher?“, fragte Parsson.

„Glaub ihr, Papa“, sagte Fabian. „Sheila hat einen Blick für so was…“

Costalas drehte sich zu Bronin. Er stupste ihn mit dem

ausgestreckten Zeigefinger an die Brust. „Sie stecken bis zum Hals in der Sache drin. Das wissen Sie. Und ich weiß es auch. Selbst wenn wir Ihre Kumpane nicht erwischen sollten, selbst wenn es zu einem Freikauf der Geiseln kommt. Was auch immer geschieht, Sie sitzen hier im Polizeigewahrsam. Und Ihre Freunde können nichts für Sie tun. Morgen werden wir Ihren Wagen von Experten durchsuchen lassen. Wussten Sie, dass der Mensch pro Stunde bis zu fünfzig Haare verliert? Wir werden im Kofferraum genug Haare finden, um zweifelsfrei beweisen zu können, dass die Jungs dort drin waren. Und dann hilft Ihnen kein Anwalt der Welt mehr."

Bronin kniff den Mund zusammen.

„Griechische Gefängnisse sind nicht sehr gemütlich. Auch nicht für Millionäre. Und für Kindesentführer können sie ausgesprochen gefährlich sein." Costalas fuhr sich mit dem ausgestreckten Zeigefinger über die Kehle.

„Normale Sträflinge mögen keine Kindesentführer."

Bronin schluckte. Seine Stimme war wenig lauter als ein Flüstern. „Ich wollte nicht. Sie haben mich gezwungen. Sie haben das Schlauchboot genommen."

Parsson schluckte. Er stellte die Frage, deren Antwort alle hören wollten. „Wohin?"

Bronin schlug die Augen nieder. „Sie haben es mir nicht gesagt."

SONNTAG 01:28

„Glaubst du, *Nico* und *Jesus* sind ihre richtigen Namen?", fragte Yoshi.

Michi lachte leise auf. „Klar. Und die Masken haben sie auf, weil sie eine Sonnenallergie haben."

„Wirklich witzig!“, knurrte Yoshi.

„Komm schon. Die beiden sind Profis. Wie auch immer sie heißen mögen: *Jesus* und *Nico* sicher nicht. Und es ist mir im Moment auch ziemlich schnuppe.“

Die beiden Entführer saßen ein Stück weit entfernt am Strand. Zwischen ihnen lag ein Funkgerät, aus dem immer wieder Rauschen und Knacken, manchmal undeutliche Stimmen an ihr Ohr drangen.

Michi fasste mit den gefesselten Händen an seinen Hosenbund. Mats stöhnte, als seine Arme durch die Schnur ein Stück nach vorn gerissen wurden.

„'tschuldigung“, flüsterte Michi. Er tastete nach dem Löffel und zog ihn heraus.

„Was hast du vor?“, flüsterte Yoshi.

„Mir stinkt's. Ich gehe.“

„Wie willst du das anstellen? Die sehen alle paar Minuten zu uns rüber.“

„Wir schneiden mit dem Löffel das Seil durch, dann fummele ich die Schlösser der Handschellen auf. Und unmittelbar nach dem nächsten Kontrollblick gehen wir stiften. Wenn wir erst mal im Dickicht abgetaucht sind, finden die uns so schnell nicht wieder.“

Yoshi war noch nicht überzeugt. „Und dann?“

„Dann lass ich mir was einfallen.“

„Klingt etwas unausgereift, dein Plan.“

„Hast du einen besseren?“

Yoshi schwieg.

Das Seil war stabil, aber Michis Löffel gut geschärft. Es dauerte nicht lange, dann hatte er es durchtrennt.

„Streck mir deine Hand her“, forderte Michi Yoshi auf. Er tastete nach dem Schloss und führte die Spitze des

Löffels ein. Vorsichtig bog er sie fast rechtwinklig um und machte sie zu einem primitiven Dietrich.

„Vorsicht!", zischte Mats.

Der Kleine schaute zu ihnen herüber. Die drei verharrten regungslos. Der Mann wandte sich wieder ab. Michi hebelte vorsichtig am Schloss.

„Das wird nie was", flüsterte Mats.

Es klickte. Yoshi starrte ungläubig auf die Handschellen, die lose an seinem Handgelenk baumelten.

„Jetzt bei dir, Mats."

Michi hatte den Bogen raus. Bei Mats ging es noch schneller. Michi drückte Mats den Löffel in die Hand.

„Los, du hast gesehen, wie es geht."

Mats zögerte. „Ich weiß nicht, ob ich das kann..."

Die Köpfe der Männer fuhren herum.

„He? Was ist bei euch los?", fragte Nico. „Haltet den Mund. Kapiert?"

Die Jungen schwiegen. Die beiden Männer starrten herüber. Endlich wandten sie sich wieder ab.

Mats begann, mit dem Löffel in Michis Schloss zu rühren.

„Du musst ihn ganz einführen und dann langsam gegen den Uhrzeigersinn drehen", flüsterte Michi.

„Mach ich doch."

Der Löffel rutschte ab und fiel in den Sand.

„Autsch!", entfuhr es Michi. Die Klinge hatte ihm die Haut am Unterarm aufgeschlitzt.

Nico sprang auf. „Was zum Teufel treibt ihr denn da?"

Mit angstvoll aufgerissenen Augen starrten die drei den Entführer an. Unwillkürlich wollte Mats zurückweichen. Doch Michi zischte ihn an. „Bleib sitzen, sonst ist alles aus."

Der Mann kam näher.

Im Funkgerät seines Partners erklang ein lautes Pfeifen. Er griff danach.

Der Gangster erreichte sie. „Streckt eure Hände aus."

Die drei rührten sich nicht.

„He, was ist los? Habt ihr nicht gehört?" Der Mann bückte sich und griff nach Michis Händen. Beim Niederknien rutschte ihm ein dunkler Gegenstand aus der Tasche.

„Aua, Sie tun mir weh."

Nico rüttelte an Michis Handschellen. Jesus rief etwas in einer fremden Sprache. Der Mann richtete sich auf.

„Das Taxi kommt." Er drehte sich um und ging zu seinem Kameraden zurück. Beide lauschten dem Funkgerät und gaben kurze Antworten.

„Ich dachte, ich sterbe!", flüsterte Yoshi.

Michi warf einen Blick zu den Männern. „Wir müssen los."

Yoshi zögerte. „Deine Handschellen!"

„Vergiss es! Es ist unsere letzte Chance. Jetzt oder nie."

Yoshi seufzte, zog aber die durchgeschnittene Schnur durch Michis Handschellen. Er sah sie an.

„Mitnehmen!", knurrte Michi. „Und das hier auch!" Er bückte sich und fasste den Gegenstand, den der Gangster verloren hatte.

„Eine Taschenlampe!", sagte Mats.

Michi gab sie ihm. „Lass sie aus, sonst finden sie uns sofort!"

Mats nickte. Yoshi wickelte sich das Seil um die Hüfte und knotete es zu.

„Wir können."

Vorsichtig schlichen sie sich davon, ohne die Entführer aus den Augen zu lassen.

Sie liefen geduckt durch das Unterholz. Das Gestrüpp war dicht und teilweise dornig. Sie waren erst wenige Meter vorangekommen, als am Strand ein lauter Ausruf zu vernehmen war. Ihre Flucht war entdeckt worden.

Aufgeregt schrien die beiden Männer sich an. Ein Lichtkegel fraß sich hektisch und ziellos durch die Dunkelheit.

„Los, weiter, solange die einen solchen Lärm machen", drängte Michi. Die drei schlichen weiter durch das Gestrüpp. Sie waren bereits tief genug im Unterholz, sodass sie vor den Taschenlampen der Männer keine Angst haben mussten.

Für Michi war das Fortkommen mühsam. Als Einziger von ihnen trug er noch seine Handschellen. Dennoch drückte er sich entschlossen weiter. Dornige Zweige kratzten ihnen Hände und Gesichter auf.

Michi blieb stehen. „Psst!"

Sie lauschten.

„Hört ihr es auch?"

Leise, aber deutlich vernehmbar hörten sie das Tuckern eines schweren Dieselmotors.

Vorsichtig drückten sie die Zweige beiseite. Ein Motorschiff war in den natürlichen Hafen zwischen den Inseln eingelaufen. Es hatte keine Positionslichter gesetzt.

„Hilfe?", fragte Mats hoffnungsvoll.

Yoshi schüttelte den Kopf.

Sie sahen Taschenlampen an Bord flackern. Die Beiboote wurden zu Wasser gelassen.

„In spätestens fünf Minuten werden sie hinter uns her sein."

„Wohin?", fragte Yoshi.

„Keine Ahnung."

„Ich dachte, du kennst dich hier aus? Du lebst doch hier."

„Ich war noch nie auf Triamos."

„Dorthin." Mats zeigte zum Gipfel des Hügels. Hoch oben thronten hohe, schwarze Felsen, die sich schwach gegen den Nachthimmel abzeichneten.

„Gar nicht übel", lobte Michi. „Vielleicht finden wir eine Höhle." Seufzend drehte sich Michi um und stieg weiter bergan, ohne sich davon zu überzeugen, dass die beiden anderen ihm folgten.

Unten am Strand sprangen bewaffnete Männer aus den beiden Beibooten des Schiffs.

SONNTAG 02:42

„Wir haben jeden verfügbaren Ranger auf den Beinen." Chief Parsson gähnte. In seinem Büro war die Luft verbraucht. Es roch nach zu viel Kaffee, zu vielen Zigaretten und zu vielen müden Menschen. Onakawa saß auf einem der Besprechungsstühle und hielt die Augen geschlossen. Auch Costalas, Hanako und Kenzaburo kämpften mit dem Schlaf. Parsson deutete noch einmal auf die Landkarte an der Wand seines Büros.

„Wir lassen jeden Quadratmeter Küste nach dem Schlauchboot durchkämmen. Die Küstenwache kreuzt mit zwei Schiffen im Norden und Süden der Insel. Zwei weitere Schiffe sind unterwegs und werden in zwei Stunden eintreffen. Bis jetzt: Fehlanzeige. Wir haben nicht den leisesten Schimmer, wo sie sind."

Costalas zwinkerte Parsson zu. Er stand auf, ging an Parsson vorbei, streifte ihn wie unabsichtlich und ging zur Tür. Parsson folgte ihm.

Als er die Bürotür hinter sich zuzog, stand Costalas an einem der Fenster. Parsson trat zu ihm und sah hinaus. Vereinzelte Straßenlaternen flackerten in Pirates Bay. Dahinter konnte man das Meer in der Dunkelheit nur erahnen.

„Manoli?"

„Hast du eine Ahnung, wer es ist?"

Parsson nickte. „Du glaubst auch, dass wir einen Verräter in unseren Reihen haben?"

„Ich bin mir sicher. Die Gangster wussten, dass Yoshi sich hier aufhielt. Sie wussten von dem Amulett. Sie wussten, dass wir ihnen auf die Schliche gekommen waren und die Yacht stürmen wollten. Sie sind uns immer um eine Nasenlänge voraus."

„Hast du eine Vermutung?"

Costalas drehte sich zu Parsson. „Wie gut kennst du deine neue Computerexpertin?"

SONNTAG 02:45

Michi ließ sich erschöpft an den Fuß der Felswand sinken.

„Ich kann nicht mehr."

Mats setzte sich neben ihn. Yoshi sah hinab auf den bewachsenen Hang. Überall flackerten Taschenlampen. Am Strand brannte ein helles Licht. Dennoch verlief die Suche nach ihnen weitgehend ohne Lärm. Die über ein Dutzend Gangster verständigten sich offensichtlich mit Funkgeräten. Ansonsten hörte man nur hin und wieder etwas losgetretenes Geröll den Hang hinunterpurzeln.

Yoshi sah Michi an. „Sieh mal. Unsere beiden Entführer dirigieren die Suche vom Strand aus."

„Und sie haben ihre Kapuzen abgenommen", bemerkte Michi. „Das ist kein gutes Zeichen."

„Wir müssen weiter. Hier haben sie uns bald", sagte Yoshi.

Michi lehnte sich an die Felswand. „Ich bin fix und fertig", sagte er heftig atmend. Meine Handgelenke sind wundgescheuert, mein Asthma meldet sich…"

„Komm schon. Hier werden wir nicht alt."

„Ich fühle mich wie der älteste Dreizehnjährige der Welt. Älter kann ich gar nicht mehr werden."

Michis Atem ging heftiger, er sperrte den Mund weit auf, merkte, wie sich seine Bronchien zusammenzogen. Nervös und ungeschickt fingerte er in seiner Tasche nach dem Asthmaspray. Er zog es aus der Tasche, doch es entglitt seinen Fingern, fiel zu Boden und rollte den Hang hinab ins Dickicht.

„Verfluchter Mist", stöhnte Michi.

Der Druck auf seiner Brust wuchs, er bekam kaum noch Luft, spürte nicht, wie Yoshi vor ihn trat und ihm beide Hände auf die Schultern legte.

„Michi, hörst du mich?" Yoshi rüttelte an Michis Schultern. „Michi!"

Röchelnd starrte Michi ihn an, die Augen weit aufgerissen.

„Michi! Hör mir zu. Sieh mich an! Gut so. Sieh mich an! Entspanne dich. Siehst du mich?"

Michi nickte, noch immer röchelnd.

„Gut. Sehr gut. Jetzt schließe deine Augen. Schließe sie."

Michi kniff die Augenlider zusammen.

„Gut so. Jetzt zähle. Langsam mit mir zusammen. Eins… zwei… Mitzählen!… drei… vier. Prima… fünf…"

Michis Atem wurde ruhiger. Yoshi zählte weiter. Michi sprach mit. Erst stöhnend, dann immer ruhiger. Schließlich ließ Yoshi los.

„Prima. Wie geht es dir jetzt?"

Michi schlug die Augen auf. „Was war das?"

„Zen."

„Hypnose?"

Yoshi lächelte. „Meditation. Zen-Meditation. In Japan beschäftigt sich jeder damit."

„Ich dachte, du warst so gut wie nie in Japan?"

„Ich *bin* Japaner. Und wie du selbst feststellen konntest – es hilft."

„Immer?"

„Wenn du gelernt hast, dich wirklich zu entspannen."

Michi sah an Yoshi vorbei.

„Na schön, aber unsere momentane Situation trägt nicht gerade zu meiner Entspannung bei."

Yoshi sah sich um. Die Taschenlampen waren nicht mehr allzu weit entfernt.

„Wohin sollen wir jetzt?", fragte Mats.

„Rechts oder links?", fragte Michi.

„Nach oben", entgegnete Yoshi. Er deutete auf den beinahe senkrechten Felsen über ihnen. „Seht ihr den Einschnitt? Dort sucht uns garantiert niemand."

Michi und Mats sahen empor. Mats schluckte. Michi schüttelte den Kopf. Er hob die gefesselten Hände vor Yoshis Gesicht.

„So komme ich da nie hoch!"

SONNTAG 02:50

Die Luft im verdunkelten Casino der Sicherheitszentrale war schwer und drückend. Auf Parssons Anordnung hatten seine Ranger für alle Angehörigen Betten aufgebaut – niemand wollte zu Hause oder im Hotel sitzen, wenn es hier neue Nachrichten gab. Auch Sheila und Fabian waren dort geblieben. Ihre Mütter hatten verstanden, dass sie aus erster Hand über das Schicksal von Michi, Mats und Yoshi informiert werden wollten.

Das kleine Orientierungslicht über dem Ausgang warf einen grünen Schimmer auf die schlafenden Körper. Mats' Vater schnarchte laut und gleichmäßig.

Nicht weit von ihm richtete sich ein Schatten auf. Die Gestalt blieb im Dunkeln sitzen, lauschte den Schlafgeräuschen der anderen. Lautlos schwang sie die Füße auf den Boden und stand auf. Sie schlich langsam zwischen den Feldbetten hindurch. An einer der Liegen hielt sie inne. Sie lauschte, dann bückte sie sich.

Fabian rüttelte an Sheilas Schultern.

„Was ...?"

„Pssst!", zischte Fabian.

Sheila schüttelte benommen den Kopf. „Was ist los, wie spät ist es?"

„Es ist zehn vor drei. Und wir müssen miteinander reden."

Sheila seufzte leise, doch sie folgte Fabian zur Tür. Er drückte sie einen schmalen Spalt weit auf. Die beiden huschten hindurch.

Draußen auf dem Flur schlichen sie ohne ein Licht anzuknipsen bis zu einer kleinen Nische, in der drei Plastikstühle und eine vertrocknete Pflanze standen. Die beiden ließen sich auf die Stühle sinken.

„Was ist los? Warum weckst du mich mitten in der Nacht?" Sheila reckte sich und gähnte.

„Ich habe nachgedacht."

„Fein. Ist aber noch lange kein Grund, mich aus meinen wohlverdienten Träumen zu reißen."

„Elly benimmt sich seit Donnerstag total merkwürdig."

„Und?"

„Das komische Gespräch mit Franklin im Hotel. Das Telefonat heute Abend. Immer tat sie ganz ertappt. Und kannst du dich noch erinnern, dass sie sagte, sie wolle sich an meinem Vater rächen?"

„Wann hat sie das gesagt?"

„Beim Eisessen am Dienstag."

„Kommt mir vor, als wären seitdem Jahre vergangen."

„Wir haben einen Verräter hier auf MEGAPARK. Das ist dir doch klar? Jemand, der all unsere Schritte kennt und an die Entführer weiterleitet. Deshalb war auch niemand auf Bronins Yacht. Und aus dem Keller waren die Vögel auch bereits ausgeflogen, als wir kamen."

„Und?"

Fabian blieb stumm.

Sheila zögerte. „Du glaubst ... Nein!"

Sie sprang auf. „Elly? Du meinst, Elly ist ein Spitzel?"

Fabian nickte.

„Schlag dir das aus dem Kopf. Elly *macht so etwas* nicht."

„Sicher?"

„Kann ich mir jedenfalls beim besten Willen nicht vorstellen."

„Na, vielleicht mangelt es dir nur an Phantasie ..."

Sheila funkelte Fabian an.

„Und was sollen wir tun? Elly etwa bei deinem Vater anschwärzen?"

Fabian verschränkte die Hände vor dem Bauch. „Wir haben keine Beweise."

„Eben."

„Vielleicht könnten wir ja mal einen Blick in ihr Büro werfen."

Sheila schwieg.

„Was meinst du?"

„Mir gefällt deine Idee ganz und gar nicht."

Yoshi kniete auf dem Felsvorsprung, er streckte Michi seinen Arm entgegen. „Gib mir deine Hand."

Michi schnaufte heftig. Er warf einen Blick nach unten. Mindestens 15 Meter unter ihm wuchs das Dickicht, aus dem überall Taschenlampen aufblitzten.

Michis Hände schmerzten. Der Kalkfelsen bot zahlreiche Griffe und Tritte. Und Michi hatte schon mehr als eine Bergtour unternommen. Doch mit Handschellen gestaltete sich das Unternehmen weitaus schwieriger.

Michi ließ den Fels los und streckte die beiden Hände aus. Für einen Augenblick fürchtete er, das Gleichgewicht zu verlieren, doch Yoshi packte seine Hand und zog. Michi schwang sich über den Absatz und blieb heftig atmend liegen.

Yoshi half Mats ebenfalls über die letzte Hürde. Er deutete hinter sich. „Dort ist eine Spalte. Darin müssten wir ziemlich sicher sein."

Die drei krochen in den kaum einen Meter breiten Spalt. Der Boden war matschig. Es roch merkwürdig.

„Hier stinkt's", sagte Mats.

„Mir stinkt's", knurrte Michi. „Ich hab die Nase voll."

„Hier riecht es wirklich ziemlich streng", bemerkte Yoshi. Mats knipste die Taschenlampe an.

„Spinnst du?", zischte Michi.

Mats schaltete sie sofort wieder aus.

Yoshi nahm sie ihm aus der Hand. „Die nehme ich wohl besser an mich."

„'tschuldigung", sagte Mats. „Ich dachte, hier sieht's keiner."

„Mag sein, aber unsere Augen haben sich an die Dunkelheit gewöhnt. Und das ist gut so."

Mats schluckte. „Habt ihr gesehen, worin wir stehen?"

„Klar. Bis zu den Knöcheln in Vogelmist", antwortete Michi ungerührt. Er sah nach oben. „Vermutlich nistet da oben eine ganze Kolonie von Vögeln. Da kommt schon eine Menge zusammen."

Sie schwiegen.

Unterhalb des Felsens hörten sie immer wieder einzelne Rufe. Die Männer wurden deutlich gereizter.

„Das stinkt gewaltig", meinte Michi.

„Ich weiß", brummte Yoshi genervt.

„Nicht *das*!", sagte Michi. „Ich meine diese Entführung."

„Die stinkt mir auch", gestand Yoshi verächtlich.

„Du verstehst nicht. Die ganze Sache stinkt zum Himmel. Irgendwer hat uns hier alle verarscht."

Yoshi starrte Michi in dem dunklen Spalt an. Er sah seine Miene nicht, konnte aber seine Augen glitzern sehen.

„Wie meinst du das?", fragte er leise.

„Woher wussten die Entführer so schnell, dass du auf MEGAPARK bist?"

„Keine Ahnung."

„Wie konnten sie unerkannt auf die Insel kommen, dich gerade im richtigen Moment entführen? Uns dann heimlich nach Cantaloupe bringen? Und wie haben sie erfahren, dass wir offensichtlich befreit werden sollten – du erinnerst dich an die Lichter auf Cantaloupe? Sie haben uns in letzter Sekunde weggebracht."

Yoshi schwieg.

„Sie waren den anderen immer um eine Nasenlänge voraus. Die hatten nie eine Chance."

„Zu dumm."

„Was meinst du damit?"

„Onakawa hatte extra ein Amulett mit einem Peilsender besorgt. Das sollte ich die ganze Zeit um den Hals tragen."

„Ein Peilsender war darin?", fragte Mats erstaunt.

Michi nickte. „Wo hast du es gelassen? Haben die Entführer es dir abgenommen? Wussten sie davon auch?"

Yoshi dachte nach. „Ich habe es im Bungalow abgenommen, weil ich duschen wollte."

„Denke noch einmal darüber nach. Es ist wichtig. Hast du es tatsächlich abgelegt? Oder hat es dir jemand abgenommen?"

„Ich habe es Hanako gegeben, glaube ich."

„Bist du dir sicher?"

„Nein."

„Was ist das?", fragte Mats. Sie lauschten.

Steine polterten zu Boden, leise Stimmen drangen an ihr Ohr. Yoshi stapfte nach vorn und lugte vorsichtig über den Absatz nach unten. Rasch zog er den Kopf zurück.

„Sie kommen. Zwei Mann klettern hier herauf. Sie müssen von unten den Spalt entdeckt haben."

Yoshi sah nach oben. Fünf Meter über ihnen endete der Spalt auf dem höchsten Gipfel der Insel.

„Sage mir, dass wir *nicht* dort hochklettern", flüsterte Michi.

Yoshi schwieg und Michi seufzte.

„Ist ja schon gut. Ein Fuß rechts, einer links. Kaminklettern war schon immer meine Stärke."

Er begann sich vorsichtig nach oben zu arbeiten.

10

SONNTAG 03:04

Die beiden Männer zogen sich auf den Felsvorsprung. Sie lösten ihre Taschenlampen aus den Gürteln und leuchteten in den Spalt.

Sie stutzten. Deutlich zeichneten sich die frischen Fußspuren in dem Vogelmist auf dem Boden des Spaltes ab. Einer der Männer hob das Funkgerät. Der andere kniete nieder, um die Spuren zu untersuchen. Er leuchtete in den Spalt hinein, doch der wurde bereits nach wenigen Metern so schmal, dass dort kein Durchkommen war.

Sein Partner drückte auf die Ruftaste. „Wir haben Spuren gefunden."

Er lauschte.

„Moment."

Er wandte sich an seinen Partner. „Wo sind sie hin?"

Der andere zuckte mit den Schultern. Ein kleiner Stein polterte den Spalt herab und landete vor seinen Füßen im Schlamm.

Der Mann riss die Taschenlampe hoch. Er sah nur nackten Fels. Keine Spur von den flüchtigen Jungen.

Sein Partner sprach in das Funkgerät. „Vermutlich sind sie oben auf der Bergspitze. Hört ihr? Wir müssen den Gipfel einkreisen. Dann können sie uns nicht entkommen."

SONNTAG 03:05

Fabian schloss die Tür zu Ellys Büro. Sheila knipste das Licht an.

„Und jetzt? Was suchen wir?", fragte sie.

„Keine Ahnung."

Die beiden sahen sich um. Sheila verzog das Gesicht, als sie Ellys völlig chaotischen Schreibtisch sah.

„Die ist ja fast so schlampig wie Michi."

Sheila begann vorsichtig, die Computerausdrucke, Notizzettel und Kopien auf dem Schreibtisch zu untersuchen. Fabian öffnete eine Schublade nach der anderen.

SONNTAG 03:09

Michi, Mats und Yoshi lagen flach auf dem Gipfelplateau der Insel. Sie hörten die Stimmen in der Spalte unter ihnen, trauten sich aber nicht, über den Rand zu spähen.

Schweigend sahen sie sich um. Nach Westen fiel der Fels steil ab, hier waren sie hochgeklettert. Nach Südosten, in Richtung MEGAPARK, senkte sich die Landschaft in zahlreichen kleinen Hügeln bis hinab zur Küste. Die Hügel waren von Kiefern und Gestrüpp bewachsen. Hier oben auf dem Gipfel gab es zwischen Felsbrocken und Büschen zahlreiche Versteckmöglichkeiten. Aber offensichtlich hatten die Männer ihre Spur gefunden. Lange würde es nicht mehr dauern, bis die Ersten von ihnen hier oben nach ihnen suchen würden.

Michi setzte sich auf. Die Lichtkegel schienen sich mit einem Mal zielstrebig in ihre Richtung zu bewegen. Auch Mats und Yoshi standen auf.

„Was ist das?“, fragte Mats.

Er deutete hinaus, in Richtung Meer. Grüne und rote Positionsleuchten bewegten sich in großer Entfernung an der Insel vorbei.

Michi sah auf seine Uhr. „Das könnte unsere Rettung sein. Kommt mit!“

Michi lief geduckt zwischen zwei große Felsen. Von hier sahen sie die Positionslichter des Schiffes, konnten aber von ihren Verfolgern nicht beobachtet werden.

„Das müsste die Eleni sein. Das Versorgungsschiff, das jede Nacht Lebensmittel und andere Güter nach MEGAPARK bringt. Den Kapitän kenne ich. Er hat mir praktisch sein Schiff zu verdanken.“

„Was hast du vor?“, fragte Yoshi.

„Wir müssen der Eleni Signale geben. Mit der Taschenlampe.“

„Und wie?“

„Morsen?“, fragte Michi.

„Prima.“ Yoshi hielt Michi die Taschenlampe hin. „Mach du. Ich habe keine Ahnung vom Morsealphabet.“

Michi rührte sich nicht.

„Was ist?“, fragte Yoshi.

„Ich weiß nur, wie SOS geht. Dreimal lang, dreimal kurz, dreimal lang. Aber das reicht wohl kaum.“

„Andersrum“, sagte Mats.

Michi fuhr herum. „Sag bloß, *du* kannst morsen?“

„Regel Nummer eins für Profidetektive: ‚Wissen ist immer nützlich.‘“

Yoshi gluckste. Er reichte Mats die Taschenlampe.

„Was soll ich ihnen funken?“, fragte Mats. „Falls sie zufällig in unsere Richtung sehen.“

SONNTAG 03.12

Auf der Brücke der Eleni starrte Kapitän Tsolomidos aus dem Fenster. Die Nacht war wolkenverhangen. Der Mond verdeckt. Es war ungewöhnlich dunkel. Sie hatten gerade Triamos passiert und würden bald in den Versorgungshafen an der Nordküste von MEGAPARK einlaufen. Tsolomidos schaute hinüber zu seinem ersten Offizier am Steuer. Der Mann war neu, aber er machte seine Arbeit gut. Bis vor kurzem war dies noch sein Job gewesen. Doch dann hatte er von einem Tag auf den anderen seine Chance bekommen, sich als Kapitän zu bewähren.

Tsolomidos war noch immer in Gedanken versunken, als er aus dem Steuerbord-Bullauge der Brücke sah. Er dachte an diesen frechen Jungen, der seinen Boss durchschaut hatte. Der Sohn dieses Hoteldirektors … hatte einen mörderischen Husten gehabt, der Kleine … aber im Kopf war er helle.

Was war das? Tsolomidos trat näher an das Fenster. Lichtsignale. Dort draußen lag Triamos. Der Kapitän stutzte. Da signalisierte jemand SOS. Tsolomidos starrte aus dem Fenster.

„Ist was, Käpt'n?" Sein erster Offizier riss ihn in die Wirklichkeit zurück. Tsolomidos stieß einen leisen Pfiff aus. „Halten Sie Kurs. Ich muss runter in den Funkraum …"

SONNTAG 03:14

„Vergiss es." Michi winkte ab. „Sie ist zu weit entfernt."

Sie sahen den Positionslichtern der Eleni nach, die unbeeindruckt in der Dunkelheit verschwand.

Mats ließ enttäuscht die Taschenlampe sinken. „Vielleicht haben sie es ja doch gesehen …"

„Vielleicht kommt auch der Weihnachtsmann mit seinem Schlitten und holt uns hier raus", sagte Michi. „Ich fürchte, wir müssen uns selbst etwas einfallen lassen. Und zwar bald."

Er sah zu einer Gruppe großer Felsen, nicht weit von ihnen entfernt.

„Kommt mit, dort drüben können wir uns verstecken!"

Mats stöhnte. Yoshi zögerte. „Bist du dir sicher, dass das eine gute Idee ist?"

„Klar!"

Mats sprang auf. Doch nach drei Schritten verschwand er vor den Augen von Michi und Yoshi im Boden.

Yoshi machte einen Schritt nach vorn. Michi hielt ihn zurück. Vorsichtig ging er in die Knie – und taumelte erschreckt zurück. Sie befanden sich direkt an der Kante eines breiten Spaltes, dessen Tiefe sich nicht abschätzen ließ.

„Michi! Helft mir!"

Michi und Yoshi legten sich flach auf den Bauch.

„Wo steckst du?", raunte Michi in die Dunkelheit hinab.

„Hier Mann, wo sonst? Ich glaube, ich hänge an einem Baumstamm."

Yoshi und Michi blickten angestrengt ins Dunkle. Einen Meter unter ihnen wuchs tatsächlich ein verkrüppelter Baum beinahe waagrecht aus der Wand. Darunter war ein zappelnder Schatten zu erkennen.

Yoshi streckte die Hand aus, doch er reichte nicht weit genug hinab.

„Macht schnell, ich rutsche ab!" Mats stöhnte.

Michi deutete auf Yoshis Bauch. „Nimm das Seil."

„Ich kann nicht mehr", rief Mats.

Yoshi knotete rasch eine Schlinge an das eine Ende des

Seils, wickelte das andere ein paar Mal um seine Hand und warf es dann in den Spalt hinab.

Mats griff zu. Yoshi rutschte Richtung Spalt. Michi warf sich auf den Bauch und packte mit seinen gefesselten Händen zu. Er erwischte Yoshi am Hosenbund, hakte seine Füße in einem der Felsen ein. Gemeinsam stemmten sie sich gegen Mats Gewicht.

Zentimeter für Zentimeter gelang es ihnen, das Seil hochzuziehen. Schließlich gab es einen Ruck. Heftig nach Luft schnappend lagen alle drei auf dem Felsboden.

„Mensch, bist du schwer!", stöhnte Michi. „Wenn wir das Seil nicht gehabt hätten..."

Yoshi betrachtete das Seilende und wickelte es von seiner Hand ab. Er stand auf. Vorsichtig, immer auf Spalten achtend, lief er zu einem großen Busch in ihrer Nähe.

„Was hast du vor?", fragte Michi.

Yoshi antwortete nicht.

Sie folgten ihm. Yoshi befühlte die Zweige, musterte sie. Endlich fasste er einen von ihnen und bog ihn zum Boden herunter. „Helft mal mit. Wir müssen ihn abbrechen."

SONNTAG 03:16

Parsson legte den Hörer auf. Er sah Onakawa und Costalas an. Inzwischen waren sie die einzigen drei Verbliebenen in Parssons Büro.

Costalas und Onakawa waren hellwach. Sie hatten an Parssons Reaktion gemerkt, dass etwas geschehen sein musste.

„Der Kapitän der Eleni hat Notsignale aufgefangen. Sie kamen von Triamos. Die drei sind auf der Insel. Sie konnten sich befreien, werden aber von ihren Entführern gesucht."

Costalas drückte seine Zigarette im überfüllten Aschenbecher aus. Er griff nach seinem Funkgerät.

„Wir müssen die Küstenwache verständigen. Serafos muss seine Männer einsammeln. Eines der beiden Boote soll sie im Hafen abholen."

Parsson nahm den Hörer wieder auf. „Sprich du mit der Küstenwache. Ich sage Serafos Bescheid."

Costalas nickte.

„Ich würde vorschlagen, alle Beteiligten mit an Bord zu nehmen, vorerst niemandem außerhalb dieses Raumes zu sagen, wohin die Reise geht und sämtliche Handys einzusammeln."

Parsson sah Onakawa an. Der lächelte.

„Ein weiser Vorschlag, Costalas-san."

SONNTAG 03:17

Sie hatten jedes Dokument auf Ellys Schreibtisch untersucht, sämtliche Schubladen geöffnet. Aber nicht den geringsten Hinweis gefunden.

Fabian deutete auf den Computer. „Sollen wir?"

„Der ist doch garantiert passwortgeschützt!"

„Tja, dann ..."

Fabians Blick fiel auf den Papierkorb. Er bückte sich.

Sheila ließ sich auf Ellys Drehstuhl fallen. „Vielleicht haben wir nichts gefunden, weil es nichts zu finden gibt. Vielleicht ist Elly völlig unschuldig."

„So?" Fabian fischte ein mit brauner Flüssigkeit durchtränktes Papierstück aus dem Eimer. Mit spitzen Fingern faltete er es auseinander.

Sheila gähnte. „Lass uns gehen. Elly ist unschuldig. Das hab ich im Gefühl."

„Und was ist dann *das*?"

Triumphierend hielt Fabian Sheila das klebrige Papier vor die Nase. Sheila zuckte unwillkürlich zurück.

„Das ist ein Computerausdruck!", erklärte Fabian. „Mit Yoshis Daten. Und zwar aus dem MEGAPARK-Computersystem. Siehst du den Hinweis? TOP SECRET! Ich wusste es!"

Sheila schloss die Augen.

„Das ist noch lange kein Beweis!"

Fabian faltete das Papier zusammen und steckte es ein.

„Wir sollten mit meinem Vater sprechen."

„Nein!", sagte Sheila laut.

„Wir *müssen*. Denk an Michi und die anderen."

„Eben drum. Elly würde so etwas nicht tun. Nie im Leben."

„Du kennst sie erst ein paar Wochen."

„Das reicht mir."

Sie hörten eilige Schritte draußen auf dem Gang. Blitzschnell schaltete Sheila das Licht aus. Laute Rufe erklangen.

Fabian öffnete die Tür einen Spalt.

„Da ist etwas passiert. Lass uns nachsehen."

Er wollte gehen, aber Sheila hielt ihn fest. „Kein Wort zu niemandem. Bis ich einverstanden bin. Versprochen?"

Fabian zögerte. „Na schön. Versprochen!"

Die beiden huschten hinaus auf den Flur.

11

SONNTAG 03:28

Es knackte laut, als sie den Zweig dicht über dem Boden abbrachen. Sie zuckten zusammen, lauschten.

„Was hast du damit vor?“, fragte Michi.

„Ich mache einen Kyu.“

„Ach nee. Und was ist das? Ein Zauberstab?“

Yoshi schmunzelte. „In den Händen eines Kyudokas kann er zu etwas Ähnlichem werden.“

„Wenn es hilft, soll's mir recht sein.“

Sie brachen unter Yoshis Anleitung das obere Ende des Zweiges ab. Übrig blieb ein fast zwei Meter langes, leicht gebogenes, gleichmäßig dickes Stück.

Yoshi betrachtete das dünne Seil, mit dem ihre Entführer sie am Strand zusammengebunden hatten.

„Es muss reichen. Etwas Besseres haben wir nicht.“

Yoshi knotete das Seil an dem einen Ende des Stabes fest. Er ließ Michi und Mats den Stab zu einem Bogen biegen und halten. Dann verknotete er das andere Ende der Schnur am gegenüberliegenden Stabende. Er betrachtete den straff gespannten Bogen.

„Ein Flitzebogen?“, staunte Mats.

„Was willst du mit dem Spielzeug erreichen?“, fragte Michi.

„Er ist viel zu groß“, ergänzte Mats.

Yoshi lächelte. Er gab Mats den Bogen und brach dünnere Zweige ab.

„Kannst du damit überhaupt umgehen?“, fragte Michi.

„Ich sagte doch, ich kann etwas anderes als Karate. Kyudo ist die japanische Kunst des Bogenschießens. Außerhalb Japans ist sie kaum bekannt. Es gibt nur wenige Meister, die im Ausland leben. Einer davon, der ehrwürdige Shagaku-Sensei, war in Genf mein Lehrer.“

Yoshi sah sich um. „Dort drüben. Der kleine, bewachsene Hügel ist ideal.“ Er zeigte auf einen etwas hangabwärts liegenden Hügel.

„Aber es dauert länger, bis sie hier oben sind.“

„Dort können wir uns verteidigen. Hier finden wir keine Versteckmöglichkeit.“

Michi dachte nach. „Na schön. Ich hoffe nur, dass dein großer Meister dir wirklich etwas beigebügelt hat. Ansonsten verarbeiten uns diese Kerle da draußen in spätestens einer halben Stunde zu Fischfutter.“

Die Jungs begannen sich im Schutz der Dunkelheit zu dem kleinen Hügel vorzuarbeiten.

SONNTAG 04:13

„Die beiden Küstenwachschiffe aus Porto Volos nähern sich der Inselgruppe von Norden.“ Der Erste Offizier des Küstenwachschiffes hängte den Hörer des Funkgerätes ein.

Serafos wandte sich an Costalas. „Wir wissen nicht, was uns erwartet. Ich gehe mit meinen Männern zuerst an Land. Sie und die anderen können folgen, sobald wir die Situation im Griff haben.“

„Das schmeckt mir nicht“, knurrte Parsson.

Costalas hob beschwichtigend die Hand. „Serafos und seine Männer sind für so etwas ausgebildet. Da ist es besser, wenn wir ihnen nicht im Weg herumstehen.“

Parsson seufzte. Er sah aus dem Fenster. Sie waren nur noch wenige Minuten von Triamos entfernt.

„Dort. Taschenlampen!“, rief der Kapitän.

Sie sahen mehrere Lichter auf der größten, südöstlichen Insel flackern.

Serafos knurrte. „Denen werden wir die Suppe gehörig versalzen.“ Er verließ die Brücke. Seine Männer warteten bei den Beibooten.

Costalas blickte durch sein Nachtsicht-Fernglas. „Noch scheinen sie sie nicht zu haben ...“

„Ich hoffe es, Manoli, ich hoffe es ...“

Das Schiff stoppte die Maschinen. Die Matrosen ließen die beiden Boote mit den Polizisten ins Wasser. Sekunden nach dem Aufsetzen auf der Wasseroberfläche wurden die Taue eingeholt, die Männer begannen zu rudern. Die Außenbordmotoren ließen sie aus, um kein Geräusch zu verursachen.

Costalas und Parsson beobachteten, wie die Boote in der Dunkelheit der Insel zustrebten.

SONNTAG 04:15

„Yoshi, du solltest deinen Kyuflitzebogen so langsam mal warm laufen lassen“, flüsterte Michi. Ihre Verfolger waren nahe genug, um ihre Stimmen hören zu können. Die Strahlen der Taschenlampen glitten vor ihnen durchs Unterholz.

Yoshi stand aufrecht neben einem dichten Busch. Fünf stumpfe Pfeile lagen fein säuberlich aufgereiht neben ihm auf dem Boden. Sie hatten keine Möglichkeit gefunden, die Pfeile anzuspitzen und Yoshi wollte es auch nicht. Einen sechsten Pfeil hatte er bereits aufgelegt, weit in der unteren Hälfte des langen Bogens. Yoshi stand völlig entspannt, den Blick auf den Boden gerichtet.

„Hey, Kumpel. Jetzt oder nie!“, zischte Michi. Er spürte, wie Mats ihm eine Hand auf den Unterarm legte.

„Lass ihn!“, flüsterte Mats.

„Ich hoffe, er weiß, was er tut. Die sind gleich da.“

Sie hörten deutlich die tiefe Stimme von Jesus.

Mats zuckte zusammen, auch er hatte die Stimme des einen Entführers erkannt.

Die ersten Strahlen glitten über das Gebüsch neben Yoshi. Michi und Mats duckten sich tief.

Yoshis Kopf fuhr hoch. Er streckte sich, hob den Bogen hoch über den Kopf, senkte ihn dann etwas und begann, den Pfeil nach hinten zu ziehen. Bewegungslos verharrte er, den Bogen ganz ausgezogen, die Hand mit dem Ende des Pfeils noch hinter dem Ohr.

Der Strahl einer Taschenlampe glitt über Yoshi hinweg. Verharrte auf dem Busch neben ihm. Glitt wieder zurück.

Yoshi stand, aufrecht mit gespanntem Bogen, mitten im Lichtkegel der Taschenlampe. Jesus schrie überrascht auf. Yoshi drehte sich blitzschnell, zielte den Bruchteil einer Sekunde und schoss den Pfeil ab.

Das alles war schnell und noch dazu völlig lautlos geschehen. Umso klarer hörten sie alle das knirschende Geräusch, als der Pfeil die Taschenlampe des Mannes traf. Sie erlosch sofort. Jesus schrie in einer Mischung aus Schmerz und Überraschung auf.

Zwei weitere Strahlen suchten nach Yoshi. Als der erste den Jungen erfasste, hatte der bereits einen neuen Pfeil aufgelegt. Wieder dauerte es nur den Bruchteil einer Sekunde, bis der Pfeil von der Sehne flog. Und wieder traf er sein Ziel.

Mit vor Staunen offenem Mund beobachteten Michi und Mats, wie Yoshi mit fast traumwandlerischer Sicherheit einen Pfeil nach dem anderen abschoss. Es dauerte keine Minute und Yoshi hatte seine Pfeile verbraucht.

Unter ihren Verfolgern herrschte ein völliges Chaos. Überall schrien und riefen Männer. Einige hatten sich zu Boden geworfen, andere rannten in panischer Flucht hangabwärts.

Yoshi atmete langsam aus, dann entspannte er sich. Geduckt rannte er zu Mats und Michi.

„Ist ja irre!", kommentierte Michi. „Du bist ja eine richtige Killermaschine. Jeder Schuss ein Treffer."

Yoshi schüttelte den Kopf. „Ich bin nicht zufrieden. Ein Schuss ging daneben."

„Du kannst später weinen. Jetzt sollten wir uns überlegen, wie wir das Chaos hier ausnutzen."

„Sollen wir neue Pfeile produzieren?", fragte Mats eifrig.

„Auf jeden Fall sollten wir uns einen neuen Standort suchen!", sagte Michi.

Yoshi sah sich um. „Wie wäre es mit dort drüben?"

Die Leuchtrakete kam so unerwartet, dass alle drei von ihrer Helligkeit für Sekunden geblendet waren. Weitere Leuchtraketen tauchten die ganze Insel in ein gespenstisches rotes Licht.

Starke Scheinwerfer strichen über sie hinweg. Eine Stimme brüllte etwas Unverständliches in ein Megafon.

Mats starrte zum Himmel.

„Was ist das?", fragte Yoshi.

Michi lächelte. „Das, mein Lieber, ist die Kavallerie."

SONNTAG 04:21

Die Männer des Geiselbefreiungsteams schwärmten aus. Anders als die Gangster waren sie auf eine Auseinandersetzung vorbereitet.

Schnell und präzise nahmen sie alle Männer fest, die ihnen begegneten. Kein einziger Schuss fiel.

Nico, der die Suche nach den Jungs vom Strand aus geleitet hatte, gelang es, sich blitzschnell ins Wasser zu flüchten. Mit starken, schnellen Zügen schwamm er zu dem Schiff der Gangster hinüber.

Er erreichte das Schiff, zog sich aus dem Wasser und kletterte rasch die kurze Leiter an der Bordwand hoch.

Oben blickte er direkt in die Mündung von Serafos' Pistole. Er und seine Männer hatten die drei auf dem Schiff verbliebenen Gangster längst gefesselt. Sekunden später lag Nico in Handschellen auf dem Deck.

Es dauerte keine zwanzig Minuten, dann hatten die Polizisten alle Entführer überwältigt und an dem durch zwei starke Scheinwerfer hell erleuchteten, kleinen Strand zusammengetrieben. Serafos, der seine vier Gefangenen ebenfalls zum Strand transportiert hatte, sah zu, wie das Beiboot anlegte, das Parsson, Costalas und die übrigen Passagiere brachte.

„Ich habe zwei Gruppen losgeschickt, die Michi, Mats und Yoshi ausfindig machen sollen", sagte Serafos, als Parsson und Costalas an Land wateten. „Jetzt bleibt uns nur abzuwarten."

Während sich alle um Serafos versammelten, standen Sheila und Fabian mit Elly etwas abseits.

Elly schniefte in ein Taschentuch. „Ich habe ein absolut mieses Gefühl im Bauch."

„Glaubst du, Michi und den anderen ist etwas zugestoßen?"

„Ich weiß nicht, das ist alles so unwirklich. Dieser Costalas sieht mich die ganze Zeit so böse an. Und dein Vater auch."

„Der ist im Stress", entschuldigte Fabian seinen Vater.

„Der kann mich nicht leiden."

Serafos' Funkgerät piepste. Alle Gespräche verstummten augenblicklich. Der Polizist lauschte kurz, dann steckte er sein Funkgerät zurück in seine Jackentasche.

„Wir haben sie gefunden."

Mats' Mutter entfuhr ein lauter Seufzer, ihre Beine knickten ein. Ihr Mann und Frau Takamura stützten sie.

„Alle drei sind unverletzt. Es geht ihnen gut!"

Michis Mutter stieß einen spitzen Schrei aus. Sheila umarmte Fabian. Alle sprachen durcheinander. Sogar Onakawa sah ausgesprochen glücklich aus. Er trat zu Yoshis Mutter und verbeugte sich tief. Fabian spähte unauffällig zu Elly. Sie sah ihn an.

„Wenn das alles vorbei ist, brauche ich unbedingt ein paar Tage Urlaub, sonst kriege ich noch den Inselkoller."

SONNTAG 04:39

Als Michi, Mats und Yoshi begleitet von sechs Polizisten aus dem Dickicht auf den Strand traten, applaudierte die Menge. Beinahe so, als kämen weltbekannte Popstars auf die Bühne.

„Tut richtig gut", sagte Michi.

Mats rempelte Michi an, rannte an ihm vorbei und flog beinahe über den Kies in die Arme seiner Eltern. Eine kleine, schlanke Japanerin trat aus der Menge hervor.

„Okasan", rief Yoshi, als die beiden sich leise schluchzend umarmten.

Michi sah seine Mutter, auch sie breitete ihre Arme aus. Michi lächelte. Er hob seine noch immer gefesselten Hände hoch. „Kann mir mal jemand diese verflixten Dinger hier abnehmen?"

Seine Mutter drückte ihn dennoch heftig an sich.

„Du ahnst gar nicht, was wir uns für Sorgen um dich gemacht haben."

Michis Blick fiel auf Sheila und Fabian, die zögernd abwarteten, bis seine Mutter von ihm ablassen würde.

„Der heult ja", stellte Fabian fest.

Michi funkelte ihn über die Schulter seiner Mutter hinweg an. „Ich heule *nicht*!" Tränen rannen ihm über beide Wangen.

Auch Sheila schluchzte. „Klar heulst du, du Idiot!"

Michis Mutter ließ ihren Sohn los.

Sofort stürzten Sheila und Fabian zu ihm.

„Wir müssen mit dir reden", flüsterte Sheila.

„Später."

„Jetzt gleich!"

„Wegen Elly!", zischte Fabian.

Chief Parsson kam näher. Er hielt ein Schlüsselbund hoch. „Das haben wir einem der Gangster abgenommen. Mal sehen, ob einer passt."

Beim dritten Versuch klickte es und die offenen Handschellen fielen in den Kies.

Elly sah Michis Handgelenke. „Ich glaube, die sollten wir verarzten."

„Unter Serafos' Männern ist ein Sanitäter", sagte Parsson. „Holen Sie ihn her."

Elly ging. Parsson fasste Michi an die Schulter.

„Ihr habt euch prima gehalten. Jetzt ist alles vorbei."

„Nicht ganz", sagte Michi leise.

Parsson zögerte. „Du hast Recht. Eine Sache ist noch zu tun."

Parsson wechselte einen Blick mit Costalas. Er hob die Hand. Alles verstummte. Fabian sah seinen Vater an. Wollte er jetzt etwa eine Rede halten?

„Eine Sache hätten wir noch zu klären." Seine Stimme klang ernst.

Costalas beugte sich zu Serafos, der neben ihm stand, und flüsterte ihm etwas ins Ohr. Serafos nickte und trat ein paar Schritte zurück.

„Unter uns befindet sich ein Verräter!"

Für eine lange Sekunde war es totenstill, dann sprachen alle durcheinander. Parsson hob erneut die Hand.

„Es ist offensichtlich."

„Warum?", fragte Yoshis Mutter.

„Weil die Entführer spätestens einen Tag nach Yoshis Ankunft auf der Insel mit der Vorbereitung ihres hinterhältigen Vorhabens begonnen haben. Wer weiß, vielleicht wussten sie schon über Ihre Abmachung mit Direktorin van Veeren Bescheid, bevor Yoshi auch nur einen Fuß auf die Insel setzte?"

Yoshis Mutter schluckte. „Was wollen Sie damit sagen?"

„Gar nichts. Noch nichts."

Serafos sprach mit zweien seiner Männer. Sie folgten ihm, als er sich langsam außen um den losen Kreis bewegte, der sich um Parsson gebildet hatte.

Der sah Onakawa an. „Sie wissen, dass ich Recht habe!"

Onakawa verbeugte sich stumm.

„Als Sie – das erste und einzige Mal – mit Ihrem Team bei der Direktorin und mir zum Planungsgespräch waren, haben die Entführer zugeschlagen. Es gab neben den unmittelbar

Beteiligten niemanden, der über das Gespräch Bescheid wusste."

Serafos und seine Männer waren hinter Onakawa angekommen. Sie verharrten regungslos. Serafos sah Parsson an.

Der sprach weiter. „Die Entführer wussten, dass Yoshi alleine im Bungalow war. Sie wussten auch über das Amulett mit dem Peilsender Bescheid. Sie nahmen es und hängten es einer Ziege um – um uns irrezuführen und damit kostbare Zeit zu gewinnen. Über das Amulett habe ich lange nachgedacht. Es war zu praktisch für die Entführer. Gerade so, als wäre es extra für sie zum Einsatz gekommen."

Onakawas Miene spiegelte grimmige Entschlossenheit wieder.

Die drei Polizisten traten zwei Schritte weiter, hinter die beiden jungen Japaner. Hanako biss sich nervös auf die Unterlippe. Kenzaburo warf seinem Vorgesetzten einen beinahe verächtlichen Blick zu. Onakawa würde sich, auch nach dem glücklichen Ausgang der Affäre, mit Sicherheit in Tokio vor seinen Vorgesetzten rechtfertigen müssen. Schließlich hatte er die Verantwortung hier auf der Insel gehabt.

Yoshis Mutter wurde ungehalten. „Es ist spät, wir sind alle müde. Wenn Sie wissen, wer es ist, dann sagen Sie es uns und spannen Sie uns nicht auf die Folter."

Parsson lächelte.

„Es musste jemand sein, der wusste, dass Yoshi hier auf der Insel war, dass er ein Amulett trug und der auch nach der Entführung alle unsere Schritte aus nächster Nähe kannte. Denn er hat offensichtlich die Entführer rechtzeitig gewarnt, sodass sie ihren Plan, mit Bronins Yacht auszulaufen, in letzter Sekunde änderten."

„Wer ist es?", fragte Yoshis Mutter noch einmal.

Serafos und zwei seiner Männer traten unauffällig hinter Elly, Sheila und Fabian.

Parsson schloss die Augen, schüttelte den Kopf. Als er sie wieder öffnete, sah er seinen Sohn an. Der riss entsetzt die Augen auf. Er wurde von einem der Polizisten unsanft zur Seite geschubst.

„Elly Janssen. Ich weiß nicht, warum Sie es getan haben. War es das Geld?"

Elly öffnete den Mund, doch sie brachte kein Wort heraus. Die Polizisten griffen sie rechts und links an der Schulter. Elly starrte Parsson an.

„Aber ... das ist. Das ist doch ..."

Parsson sprach weiter. „Ich bin untröstlich, dass der Verräter unter meinen Rangern zu finden war. Ich habe mich lange geweigert, es zu glauben, selbst als die Hinweise schon offensichtlich waren. Erst eine Überprüfung des Hauptcomputers sorgte dafür, dass kein Zweifel mehr bestand."

„Aber das ist doch völliger Unsinn!", schrie Elly.

„Glauben Sie mir, ich wünschte, es wäre nicht so. Aber wir wissen, dass Sie von Ihrem Arbeitsplatz aus die Daten über Yoshi abgefragt haben. Irgendwie haben Sie das Passwort der Parkleitung herausbekommen. Sie wussten, wo Yoshi wohnte. Sie hatten die Möglichkeit dazu, festzustellen, wann alle drei Bewacher den Bungalow verlassen hatten. Sie konnten den Entführern so den entscheidenden Hinweis geben. Sie wussten von dem Amulett. Sie hatten sich förmlich aufgedrängt, um bei der Suche dabei sein zu können. Sie wussten von der Spur, die uns zu Bronin führte. Sie haben für uns ermittelt, wann Bronins Yacht auslaufen sollte."

Elly schwieg.

Parsson nickte Serafos zu. Seine Männer zückten Handschellen.

„Halt!“ Michi löste sich aus den Armen seiner Mutter. „Sie war es nicht!“

Parsson sah Michi an.

„Woher willst du das wissen, Michi? Sie hat sich illegal die Informationen über Yoshi und seine Begleiter besorgt. Das wissen wir.“

„Das weiß ich auch“, sagte Michi.

Parsson runzelte die Stirn.

„Wieso?“

„Weil *ich* sie darum gebeten habe.“

Parsson lachte auf. „Daher hattest du dein Wissen!“ Er warf Elly einen zornigen Blick zu. „Dann hat sie dich ohne dein Wissen dazu benutzt, Yoshis Spur ausfindig zu machen.“

„Hat sie nicht.“

Parsson sah Michi mitleidig an. „Es ist spät, Michi. Du hast viel durchgemacht. Und ich weiß, du magst Elly ...“

„Sie war es nicht. Das weiß ich hundertprozentig.“

Parsson atmete heftig. Costalas legte ihm beruhigend die Hand auf die Schulter. Er sah Michi an.

„Warum bist du so sicher?“

„Weil ich weiß, wer es *wirklich* war!“

SONNTAG 04:48

Michi trat noch zwei Schritte weiter in die Mitte des Kreises. Er sah Elly an. Die starrte völlig verwirrt ins Leere. Offensichtlich stand sie unter Schock.

Michi sah Parsson an.

„Es stimmt. Elly hat sich Zugang zum Rechner verschafft. Aber nur, weil *ich* sie bedrängt habe. Ich hatte vermutet, dass Yoshi ein Geheimnis mit sich trägt. Ich war dabei, als Elly die Daten auf ihren Schirm holte. Sie hat sich geweigert, das Passwort zu knacken. Und sie hat sich einen ganzen Tag Zeit gelassen, bis sie sich dazu durchringen konnte, es zu tun."

„Bist du dir sicher, dass sie dir nicht nur das Gefühl vermittelt hat, dass es deine Idee war?"

„Todsicher, Papa", sagte Fabian. „Michi hatte sich in die Sache mit Yoshi total verrannt. Er wollte ihm nachschnüffeln..."

„Na!", brummte Michi. Er sah, wie Yoshi sich langsam in Richtung seiner drei Bewacher bewegte.

Fabian sprach weiter. „Auf jeden Fall hatte Elly null Interesse an der Sache, als Michi ihr das erste Mal davon erzählte."

Michi nickte. „Der endgültige Beweis aber ist Yoshis Amulett."

Yoshi war bei der Gruppe angekommen. Er zupfte Onakawa am Ärmel. Der beugte sich zu ihm herab.

„Was ist damit?", fragte Parsson.

„Elly konnte es erst nach der Entführung erfahren haben. Als Yoshis Bewacher es den Rangern mitteilten. Richtig?"

„Sie hatte danach Zeit und Möglichkeit, die Entführer zu verständigen", wandte Parsson ein.

Yoshi flüsterte noch immer in das Ohr von Onakawa. Dessen Gesicht verriet jedoch keine Reaktion.

Michi lächelte.

„Ich hatte Elly für kurze Zeit auch in Verdacht." Er sah zu Elly, die ihn erschrocken musterte.

„Vor vier Tagen wollte sie den Job hinschmeißen, hat aber etwas von einer Verabredung gegackert."

Elly lief rot an. Michi grinste. Er sah Parsson an. „Am Tag danach hatte sie blendende Laune. Überhaupt war sie wie ausgewechselt. Haben Sie das nicht bemerkt?"

Parsson schüttelte stumm den Kopf.

„Wie bitte?"

„Sprich weiter."

„Na ja. Ich glaube, ich kenne die Ursache für ihr merkwürdiges Verhalten. Meine große Schwester hatte das gleiche Problem." Er sah Sheila an. „Und andere Frauen in meiner Bekanntschaft ebenfalls."

Sheila gluckste. „Sie ist verliebt!"

Elly Janssens Kopf hatte die Farbe einer reifen Tomate angenommen.

„Stimmt das?", fragte Parsson sie.

Elly schwieg.

„Es stimmt", antwortete Michi. „Und ich glaube, ich weiß auch, wie der Glückliche heißt. Aber das tut hier nichts zur Sache."

„Na schön. Verliebt oder nicht, das entlastet Elly noch nicht."

Michi nickte. „Sie kann es gar nicht gewesen sein, weil Yoshi das Amulett zu diesem Zeitpunkt schon lange nicht mehr um den Hals trug. Vermutlich baumelte es da bereits um den Hals der Ziege. Denn Yoshi hatte das Amulett schon viel früher abgelegt, weil er duschen wollte. Wir hatten eine Menge Zeit, darüber zu sprechen. Yoshi konnte sich erinnern. Bevor seine Bewacher zu dem Termin in der Sicherheitszentrale abzogen, schlug einer von ihnen Yoshi vor, zu duschen. Dabei ließ er sich von Yoshi das Amulett aushändigen."

„Wer?", fragten Costalas und Parsson gleichzeitig.

„Kenzaburo!“, sagte Michi. Alle Köpfe flogen zu dem jungen Japaner herum.

Michi deutete auf ihn. „Sie haben die ganze Zeit - vielleicht schon vor Ihrer Ankunft - mit den Entführern zusammengearbeitet. Sie haben das Amulett an sich genommen, das später wundersamerweise am Hals der Ziege wieder auftauchte. Und ich wette, wenn wir prüfen lassen, welche Gespräche in den letzten Tagen von Ihrem Handy geführt wurden, dann werden wir eine Handynummer finden, die dem Herren namens Jesus dort drüben gehört.“ Michi zeigte zu den gefangenen Gangstern.

Kenzaburo lächelte, als würde ihn das alles nicht berühren. Er klatschte langsam in die Hände.

„Bravo, kleiner Mann.“

Kenzaburo verbeugte sich. Als er sich aufrichtete, starrte Michi in den Lauf einer großen, schwarz schimmernden Pistole. Jemand schrie.

Mehrere Polizisten griffen nach ihren Waffen. Kenzaburo zielte auf Michi. Sein Gesicht verzog sich zu einer wütenden Fratze.

„Ich werde ...“

Kenzaburo erstarrte. Onakawa sagte etwas auf Japanisch.

Der junge Japaner zögerte. Er ließ die Waffe sinken, sie plumpste in den Kies. Sofort waren mehrere Polizisten zur Stelle. Sie legten Kenzaburo Handschellen an.

Parsson sah Onakawa an. Der verbeugte sich lächelnd.

Er lockerte seine Pistole, die er fest gegen Kenzaburos Hüfte gepresst hatte und steckte sie zurück in seine Jacke.

Die Polizisten ließen Elly los. Die funkelte Parsson an.

„Sie Mistkerl! Ich kündige!“

SONNTAG 06:22

Die Eleni hatte bereits ihre gesamte Ladung gelöscht. Neben dem Frachter lag das Boot der Küstenwache vor Anker. Am Kai standen alle Beteiligten zusammen. Soeben hatten Michi, Mats und Yoshi ihre beiden Entführer identifiziert. Nico und ihre Komplizen und Kenzaburo warteten unter Deck des Küstenwachbootes auf ihren Weitertransport zum Festland. Die Sonne blinzelte über den Horizont. Bald würde sie die Kälte der Nacht vertrieben haben.

Alle waren müde. Doch niemand wollte zuerst aufbrechen. Zu viel hatten sie in den letzten Tagen erlebt.

Ein E-Car kam langsam auf den Kai gerollt.

Chief Parsson unterhielt sich leise mit Costalas und Serafos. Schließlich verabschiedeten sich die beiden und gingen zurück an Bord des Küstenwachschiffes.

Fabian stupste seinen Vater in die Seite. „Du solltest mit Elly sprechen. Die ist ziemlich sauer."

„Später", sagte Parsson. „Ich glaube, sie wird gerade abgeholt."

Elly ging zu dem E-Car, aus dem ein großer, dunkelhäutiger Mann stieg. Alle starrten hinüber, als der Mann und Elly sich umarmten und lange küssten.

„Es ist Franklin!", stammelte Fabian.

Michi lachte.

„Sag bloß nicht, du hast das gewusst."

Michi schmunzelte.

„Das kannst du nicht gewusst haben."

„Natürlich wusste ich es. Alles eine Frage messerscharfer Analyse und detektivischer Kompetenz."

Sheila gluckste. „Und ich dachte, er schafft es dieses Mal ohne seinen dummen Spruch!"

Elly winkte. Franklin nickte der Gruppe zu. Die beiden stiegen in den Wagen.

Yoshis Mutter sah auf ihre Uhr.

„Wir müssen los. Ich habe heute Abend einen wichtigen Termin in Genf."

Yoshis und Michis Blicke trafen sich. Sie gingen aufeinander zu.

„Entschuldigung!", sagte Michi.

„Wofür?"

„Für ... alles."

Yoshi lachte.

„Ohne dich würde ich jetzt nicht hier stehen. Wenn du nicht so clever wärst ..."

„Und wenn du nicht so gut mit deinem Flitzebogen rumgeballert hättest ... Ach, was labere ich?"

Michi und Yoshi umarmten sich.

„Schreib mir!"

„Versprochen."

Yoshis Mutter räusperte sich. „Ich fürchte, das wird nicht gehen."

Yoshis Kopf fuhr herum.

„Onakawa wird dich noch heute an einen anderen sicheren Ort bringen."

„Wohin?", fragte Michi.

Onakawa verbeugte sich vor Michi. „Du hast Yoshi das Leben gerettet. Du wirst nicht wollen, dass ihm noch einmal eine solche Bedrohung widerfährt."

Michi nickte. „Sie sagen es uns nicht."

Onakawa lächelte. Michi sah Yoshi an. „Werden wir uns

wiedersehen?" Yoshis Mutter legte ihre Hand auf seine Schulter.

„Nicht, solange der Mann, der hinter all dem hier steckt, noch nicht gefasst und dem UNO-Sondertribunal überstellt wurde. Wir wissen nicht, wie lange es dauert. Bis dahin ist Yoshi nur dort sicher, wo ihn niemand kennt."

„Ich verstehe." Michi hustete, sein Gesicht lief rot an. Besorgt sah seine Mutter ihn an. Michi atmete schnell. Sheila griff in ihre Jackentasche und zog triumphierend ein Asthmaspray hervor. „Hier, ich hab dir ein frisches mitgebracht!" Sie hielt inne. „Michi?"

Michi hatte sich auf einen der großen Poller am Kai sinken lassen. Er hielt die Augen fest geschlossen, die Hände ruhten vor dem Bauch übereinander. Er atmete tief, aber ruhig und gleichmäßig.

„Michi?", fragte Sheila noch einmal unsicher. Seine Mutter sah Yoshi an. „Was hat er?"

Michis Atemgeräusche wurden ruhiger.

Yoshi lächelte. „Er meditiert."

„Er macht *was*?", rief Sheila.

„Yoshi hat's ihm beigebracht", sagte Mats. „Und es hat gewirkt. Michi schafft es ganz ohne Spray."

Michi riss die Augen auf. „Könnt ihr nicht mal den Mund halten?" Er griff nach dem Spray in Sheilas Hand.

Yoshi grinste.

Michi sah ihn an. „Ist ja gut, dieses Zen-Zeugs. Aber ich fürchte, MEGAPARK ist nicht ganz die richtige Gegend dafür. Einfach zu viel Ablenkung."

Michi zwinkerte Yoshi zu und setzte das Spray an.

1
2
3
4
TRIAMOS
33
INNER CITY
18
10
16
13
30
19
14
3
12
1
29
PIRATES BAY
2
27
24
36
11
37
26
28
6
25
21
32
15
CENTRAL PARK